마담 타로

마담 타로

초판 1쇄 발행일 2021년 11월 17일
초판 2쇄 발행일 2021년 12월 25일

지은이 이수아
펴낸이 양옥매
기획 한국추리작가협회 출판부
디자인 표지혜 송다희

펴낸곳 도서출판 책과나무
출판등록 제2012-000376
주소 서울특별시 마포구 방울내로 79 이노빌딩 302호
대표전화 02.372.1537 **팩스** 02.372.1538
이메일 booknamu2007@naver.com
홈페이지 www.booknamu.com
ISBN 979-11-6752-065-4 (03800)

한국추리문학선 11

마담 타로

• 이수아 지음 •

책과나무

타로 카드는 바보의 여정이다.

0번인 바보가 1번부터 20번까지의

타로 카드 세상을 만나고

21번 세계를 완성하는 여행이다.

자신의 세계를 완성한 바보는 다음 세계로 떠난다.

그 세계가 지금보다 더 나을지,

더 험할지는 떠나 보기 전까지 모른다.

우리의 인생처럼.

차 례

0 바보 THE FOOL • 9

1 마법사 THE MAGICIAN • 24

2 여사제 THE HIGH PRIESTESS • 38

3 여황제 THE EMPRESS • 48

4 황제 THE EMPEROR • 61

5 교황 THE HIEROPHANT • 74

6 연인 THE LOVERS • 93

7 전차 THE CHARIOT • 107

8 힘 STRENGTH • 120

9 은둔자 THE HERMIT • 134

10 운명의 수레바퀴 THE WHEEL OF FORTUNE • 149

11 정의 JUSTICE • 161

12 매달린 사람 THE HANGED MAN • 174

13 죽음 DEATH • 191

14 절제 TEMPERANCE • 212

15 악마 THE DEVIL • 229

16 탑 THE TOWER • 239

17 별 THE STAR • 252

18 달 THE MOON • 263

19 태양 THE SUN • 280

20 심판 JUDGMENT • 290

21 세계 THE WORLD • 295

바보
THE FOOL

7월의 한낮은 뜨겁다 못해 세상을 녹여 버릴 것 같았다. 담당 형사와 만나기로 약속한 오후 2시의 대기 온도는 34도를 넘어섰다. 경찰서 출입문을 여는 찰나에도 햇볕 때문에 손등이 따가울 정도였다.

열린 출입문 틈으로 서늘한 바람이 불어왔다. 실내에 틀어 놓은 에어컨 때문인지, 경찰서를 떠나지 못한 억울한 원귀들 때문인지 땀으로 젖었던 등줄기에 한기가 스쳐 갔다.

3층 강력반 사무실 앞에 도착했다. 문을 열기도 전에 문틈으로 쏟아져 나오는 전화벨 소리와 욕설들은 여전했다. 담당 형사를 기다리는 짧은 순간에도 용의자들은 자기들끼리 주먹질을 하고, 다른 팀 형사들은 긴급출동을 나가겠지? 마침 출동 나가는 형사들이 문을 박차고 나왔다. 나는 비켜섰다가 안으로 들어갔다.

내가 들어서자 모든 이의 시선이 쏟아졌다. 늘 밤에 일하는 내게 차콜 하이힐, 피치 블랙 정장, 흑요석 목걸이와 귀걸이는 타인의 눈에 잘 띄지 않는 위장색이다. 빛을 흡수하는 검은색은 밤의 보호색이니까. 하지만 낮에 이토록 주목을 받을지는 미처 몰랐다.

또다시 편두통이 날카롭게 스쳤다. 양손 검지로 관자놀이를 힘껏 눌렀다. 경찰의 연락을 받은 순간부터 편두통이 찾아왔다. 두개골이 쪼개질 것 같은 통증이다. 머릿속에는 좁고 깊은 크레바스가 생긴 것 같다.

"조서란 씨?"

돌아보니 형사가 나를 올려다보고 있었다. 내 키가 170㎝인데 굽이 8㎝인 스틸레토 힐을 신었으니, 그가 더 작아 보였을지도 모르겠다.

"이쪽으로 오시죠."

형사는 나를 위에서 아래로 훑어보며 조사실로 안내했

다. 어린 시절에는 이 키를 숨기고 싶었지만, 지금은 아니다. 남자들은 '키 크고 날씬한 여자가 좋다'면서도 정작 자기보다 키 큰 여자 옆에는 선뜻 다가오지 않는다.

한 발을 내디딜 때마다 차가운 콘크리트 바닥에 구두 굽 소리가 새겨졌다. 이 소리가 좋다. 내가 어디로 가는지 정확히 알 수 있으니까.

형사와 좁은 테이블에 마주 앉았다. 그가 노트북 문서 파일에 내 정보를 기재하려고 두드리는 키보드 소리를 듣고 있었더니 어느새 두통은 사라졌다.

"조서희 씨가 동생 맞으시죠?"

담당 형사가 감정 없이 물었다. 하루에도 수십 번씩 타인의 죽음을 목격하는 이의 목소리는 건조할 수밖에 없다.

"네."

짧게 대답했다. 경찰서에서는 효율이 최고다. 사사로운 감정을 드러내거나 지나치게 흥분하는 것은 사건 해결에 도움이 되지 않는다. 동생의 죽음을 확인해야하는 이 순간도 마찬가지다. 십 년 전 동생을 버린 사람은 나다. 인제 와서 의좋았던 자매처럼 연기할 순 없다.

"조서희 씨는 어젯밤 11시 30분, 사실혼 관계인 남편에 의해 발견됐습니다."

사실혼 관계의 남편이라니. 동생이 결혼했을 거란 생각은 미처 하지 못했었다.

역시 남편에 의한 살인인가? 쓴웃음이 났다. 동생은 어쩌자고 엄마 팔자까지 닮았을까.

내가 스무 살에 집을 나오고 몇 년 뒤, 엄마는 아버지에게 살해됐다. 수 년 전부터 이렇게 짐승처럼 사느니 차라리 이혼하라고 악을 썼지만 소용없었다. 차라리 그 괴물한테 내가 잡아먹히는 게 낫지, 죄 없는 사람들을 죽이면 어쩌니. 엄마는 늘 입버릇처럼 말했다. 그리고 어린 여동생, 서희 때문이기도 했다. 놀랍게도 초등학생인 그녀에게 아버지는 세상에서 가장 멋진 남자였다. 아빠 같은 남자랑 결혼하겠다고 입버릇처럼 말했었다.

결국 동생 때문에 어머니는 그 집에서 나오지 못하고 악착같이 버텼다. 그런데 말이 씨가 된다더니. 결국 아버지는 엄마를 잡아먹었다. 나는 이 소식을 인터넷 뉴스로 먼저 접했다. 엄마처럼 미련한 여자가 또 있다고 혀를 찼었다. 설거지를 하는데 경찰에게 전화가 왔다.

"여기 경찰서입니다. 김미란 씨 따님 되시죠?"

"네."

마담 타로

"어머니께서 돌아가셨습니다."

그 통화가 내 인생을 송두리째 흔들었다.

한 번도 생각해 보지 않았던 우리 가족의 비밀도 알게 되었다. 엄마는 내 생모가 아니었다. 아버지와 엄마의 혼인 관계가 재혼이라는 사실보다 더 충격적이었다. '엄마가 계모고, 동생은 이복자매였다'는 아침 드라마 같은 상황에 헛웃음이 났다.

엄마의 장례식장에서 그녀의 진짜 가족을 처음 봤다. 외동딸도 아니었고, 부모님도 살아계셨다. 그런데도 진짜 가족을 버리고 피 한 방울 섞이지 않은 나를 친딸처럼 키웠다니. 이해되지 않았다. 엄마는 나와 동생을 두고 '우리 가족, 우리 가족'이라는 말을 유난히 많이 했었다. 그랬던 엄마에게 진짜 가족은 어떤 의미였을까.

유일한 동생이라고 믿었던 이복동생은 장례식장에 나타나지 않았다. 그때 내가 스물여덟 살, 서희가 열여덟 살이었다.

불행은 좀처럼 나를 놓아주지 않았다.

다른 호칭이 없기 때문에 아버지라고 불러야 하는 그 남자는 감옥에서 주기적으로 편지를 보내왔다. 누구에게 부탁했는지 아무리 이사를 해도 꼬박꼬박 편지가 도착했다.

「내가 죽이지 않았다. 억울하다. 엄마는 내 전부야. 진범을 잡아야 해. 넌 경찰이잖니?」

가증스러운 글귀는 내 머릿속에 각인되었다. 소름 돋는 그 목소리까지 음성 지원되는 바람에 편두통의 시발점이 되었다. 어떻게 알았을까, 내가 경찰이 된 걸. 경찰행정학과에 입학했으니 미뤄 짐작했던 걸까? 아무튼 그 후로 경찰도 그만두었다.

오랜만에 경찰서에 오니 그동안 잊고 있었던 지난 일들이 파노라마처럼 스쳐지나갔다. 형사가 다시 말을 이어갔다.

"동생 분은 발견 당시 이미 상당량의 피를 흘린 상태였고, 구급대원이 도착해서 사망을 확인했습니다. 저희도 이런 소식을 전하게 돼 마음이 무겁습니다. 그리고 그… 사망 당시… 모습이…."

형사는 내 눈치를 보며 웅얼거렸다. 동생이 발견된 당시 어떤 모습인지 말하길 주저했다. 노트북 옆에 놓인 사건 파일의 페이지를 넘겼다 되돌리길 반복하더니 겨우 입을 열었다.

"등에 칼이 꽂힌 상태로…."

하아. 나도 모르게 옅은 한숨이 새어 나왔다. 곧이어 누군가 내 심장을 쥐어 짜내는 것처럼 숨이 막혔다. 사건 현장 사진을 보지 않아도 알 것 같았다.

"칼이 열 개던가요?"

단호하게 되물었다.

"열 개 맞죠?"

이 사실은 추측이 아니라 확신이다. 내 물음에 놀란 형사가 굳은 얼굴로 쳐다보며 마른 침을 삼켰다.

"어떻게 아셨습니까?"

나는 대답 대신 휴대폰 검색을 했다. 소드 10 타로 카드가 나온 사진 한 장을 형사에게 내밀었다.

"이런 모습이죠?"

"맞습니다. 딱 이런 모습입니다."

형사는 기가 막힌다는 표정으로 타로 카드를 바라봤다. 장검 열 개가 목부터 척추를 따라 엉덩이까지 빼곡하게 꽂힌 채 엎드려 죽은 남자의 모습이다. 카드를 뚫어지게 보던 형사가 노골적으로 내 표정을 살폈다. 눈빛에는 경멸이 낮게 깔려 있었다. 동생이 기이한 모습으로 발견되었는데도 태연한 내가 이상하겠지. 나는 시선을 피하지 않았다. 이미 비슷한 일을 겪었으니까.

아버지는 그렇게 어머니를 죽였다. 만취한 상태로 엄마의 등에 칼을 열 개나 꽂았다. 식칼, 과도 할 것 없이 무자비했다. 담당 형사는 보기 힘들 수도 있으니까 굳이 보지 않아도 된다고 말했다. 경찰 신분을 밝히고 사건 현장 및 관련 사진들을 샅샅이 살폈다.

사진 속 공간은 너무도 낯익은 곳이었다. 단란하진 못했어도 내가 크고 자란 집이다. 동생이 어렸을 때 벽에 붙여 놓은 스티커는 누렇게 바래있었다. 아버지가 발길로 차 버린 문짝의 이음새 틈은 더 벌어져 있었다.

다시 찾은 사건 현장은 이미 이웃들의 좋은 먹잇감이 돼 있었다. '사람한테 어떻게 저런 몹쓸 짓을 할 수 있냐'

며 웅성거렸다. 내가 듣고 있어도 아랑곳하지 않았다.

사건을 조사하는 내내 형사들은 아버지의 잔혹함에 혀를 찼지만 나는 놀라지 않았다. 그 남자는 사람이 아니니까요, 라고 첨언하려다가 말았다. 그 한마디에 그가 정신 감정을 받거나 심신 미약, 우발적 살인으로 분류될까 봐 조심스러웠다.

부검 결과 사인은 뜻밖에도 교살이었다. 그리고 엄마가 살해된 모습이 타로 카드의 소드 10과 같다는 것을 뒤늦게 알게 되었다. 지방 소도시에서 일어난 이 살인 사건을 주목하는 언론은 없었다. '남편이 술김에 칼로 찔렀다'는 소문만 나돌았다. 아무도 타로 카드 그림처럼 살해된 여자가 있으리라고는 상상하지 못했을 것이다.

그런데 잠깐만.

아버지가 이토록 창의적인 인물이었나?

그 사람은 화투도 칠 줄 모르는 양반이었다. 내가 타로 카드를 운운하며 악을 쓰자, 그게 무엇인지 구경도 못해 봤다고 억울해 하긴 했었다. 그땐 그 말을 무시했다. 들어 줄 가치도 없다고 생각했으니까.

아버지는 경찰에게도 줄곧 '기억나지 않는다'는 말만 일

관되게 되풀이 했다고 들었다. 아무도 그의 말을 믿지 않았다. 나조차도 믿을 마음이 없었다. 원래부터 계획도 없고, 진실도 없는 인간이다. 그 사람에게 아무것도 묻고 싶지도 않았다. 그와 관련된 모든 것은 알고 싶지도 않았다. 혹시라도 아버지를 이해하게 될까 봐 두려웠다.

시간이 지날수록 소드 10 카드의 모습이 의미하는 것이 무엇인지를 궁금하긴 했다. 서점에 있는 타로 카드 책을 모조리 뒤져가며 뜻을 알아냈다.

소드 10 카드의 해설은 다양했다. 누군가는 나비가 되기 직전의 애벌레라고 말했다. 가는 길에 부처를 만난다면 그를 죽이라는 철학적인 해석도 보였다. 혹은 완벽하게 끝난 관계를 의미한다고도 했다. 코에 걸면 코걸이, 귀에 걸면 귀걸이 같은 해설이었다. 모든 것이 끝난 마당에 이제 와서 카드의 뜻을 알면 뭐하겠냐는 회의감이 들었다. 그래서 잊고 있었는데.

동생이 동일한 수법으로 살해당했다. 동일한 수법의 전과가 있는, 강력한 용의자는 오늘도 감옥에 있다. 언론에 보도된 적도 없으니 모방 살인도 아니다. 눈물보다 증오가 일었다. 살인마는 내게 장난을 걸고 있다.

"이제 시신 사진을 볼 수 있을까요?"

내가 먼저 침묵을 깼다.

"정말 괜찮으시겠습니까?"

오히려 그의 표정이 괜찮지 않아 보였다. 현장 사진이
첨부된 파일인지, 그걸 가슴팍에 들고서 내 눈치를 살폈
다. 굳이 보실 것까진 없다고 말하는 눈빛을 내가 모를 리
없다.

"예, 보여 주세요. 저도 잠깐이지만 경찰이었습니다. 살
인 사건이야 늘 익숙하진 않지만요."

"아, 다행입니다."

뭐가 다행이라는 건지. 방금 전까지 내게 배타적이었
던 형사는 마치 동료를 대하는 것 같은 유대감을 내비쳤
다. 경찰에 대한 신뢰가 전혀 없는 내게 거부감으로 다가
왔다. 능글맞게 웃기 전에 수사나 제대로 할 것이지. 나도
모르게 비아냥거렸다. 그사이 형사는 책상에 서류를 펼치
며 사진을 보여 줬다.

첫 번째 사진은 타로 카드와 같은 모습으로, 엎드린 채
죽어 있는 동생의 뒷모습이다. 사진만으로는 얼굴을 확인
하기 힘들었다.

두 번째 사진은 병원 영안실 침대에 반듯이 누워 있는

동생이다. 낯선 얼굴은 고통으로 일그러져 있었다. 이제는 제법 많이 자란 동…. 아니 잠깐만, 서희여야 하는데….

"이 사람은 제 동생이 아닙니다."

마지막으로 기억하는 동생의 모습은 앳된 초등학생이다. 2차 성징이 지났으니 몰라볼 수도 있다. 하지만 이 여자라면 확실히 내 동생은 아니다.

"이 여성은 31세, 본명 최아영입니다."

나는 이미 이 여자를 만났었다.

"최아영 씨가 제 동생 조서희의 신분으로 살고 있는 것을 제가 확인했습니다."

"뭔가 착오가 있으신 것 같은데, 손가락 지문도 일치합니다."

"그렇겠죠, 두 사람은 동생이 주민등록증을 발급하기 전에 만났으니까요. 서희는 빨리 어른이 되고 싶었고, 이 여자는 어린 신분이 필요했습니다."

"그게 무슨 말씀입니까, 나 참."

"두 사람이 만났을 당시 동생은 미성년자였습니다. 부모 허락 없이는 아무것도 못 한다는 말입니다. 알바조차 부모 허락이 필요한데, 성인 주민등록증이면 뭐든 혼자 할 수 있습니다. 가출 청소년들에겐 필수죠."

"십 년간 두 분은 왕래가 없으셨다구요?"

"네."

"이쪽 일 하셨다니까, 저희도 알아볼 만큼 알아보고 연락드린 겁니다. 동생분, 성형외과 수술 이력도 만만치 않게 많습니다."

그는 내 앞에 있는 사진을 거두며 혀를 찼다. 세상 물정모르는 사람 취급을 하면서.

"그래요?"

"그렇다니까."

"그럼 그렇게 믿으세요. 제가 다 알려 드릴 의무는 없으니까. 신원 확인했으니까 그만 일어나도 될까요?"

"조서란 씨, 저 형사입니다. 이런 식으로 회피하신다고죽은 동생이 살아나지 않습니다. 인정할 건 인정하셔야합니다."

"맞습니다. 인정할 건 인정해야 합니다. 경찰도 틀릴 수있다는 걸 인정하셔야죠. 필요하시면 유전자 검사는 할수 있습니다. 어차피 99.9% 불일치로 나오겠지만."

나는 형사가 대답하기도 전에 조사실을 나왔다. 마음이급했다. 경찰의 사정까지 봐줄 시간이 없다.

엄마를 살해한 놈이 동일한 수법으로 동생을 죽였다. 정확히는 동생의 신분으로 사는 최아영을 죽였다. 아버지가 옳았다. 그는 엄마를 죽이지 않았다. 그렇다면 엄마는 누가 죽였을까? 여동생을 죽였다고 믿고 있는 살인마가 다시 서희를 찾아가기 전에 내가 찾아내야 한다.

타로 카드 0번 속의 바보처럼 살인자를 찾아 홀로 떠나야 한다. 바보는 한 발만 더 내딛으면 낭떠러지인데도 천진난만하게 웃고 있다. 가슴을 활짝 열고 하늘을 향해 고개도 쳐들었다.

오만해 보이는가? 낡은 옷자락을 휘날리면서도 거만한 표정의 그가 한심한가?

그러라지.

나는 지금 타인의 시선을 신경 쓸 겨를이 없다. 내가 서희의 유일한 가족이다. 비록 피 한 방울 섞이지 않았지만, 서류상 자매 관계일 뿐이지만. 누가 뭐래도 내 동생이다. 반드시 그 아이를 찾아야 한다. 경찰도 검찰도 그 누구도 나를 도울 수 없다. 타로 카드가 도와준다면 기꺼이 믿을 것이다.

보라.

방랑자인 바보는 태양의 황금빛을 홀로 만끽하고 있다. 달걀노른자처럼 노란 배경에 얼굴은 물들어가고 있다. 카드 숫자 '0'은 알을 상징할지도 모른다. 이전에 몸담았던 세계는 끝났다. 살인자와 숨바꼭질을 해야 한다. 동생을 먼저 찾아내는 사람이 이긴다.

그러기 위해서는 발치에서 강아지가 위험하다고 짖어대도 떠나야 한다. 낭떠러지를 보고 지레 겁먹지 말자. 바보가 서 있는 곳이 낭떠러지가 아닐 수도 있다. 차분하게 발을 내딛고 걸어 나갈 수 있을지도 모른다.

이 바보는 사람들에게 웃음을 주는 어릿광대이기도 하다. 엉뚱한 행동에 모두 배꼽 잡고 웃겠지? 그렇게 사람들 사이를 기웃거리며 떠돌다가 조커가 된다. 언제 어디서든 원하는 카드로 변할 수 있는 조커는 바로 이 바보다.

잊지 마라, 바보가 조커가 될 수 있었던 것은 사람들의 무시와 괄시 그리고 비아냥거림을 버텨 낸 결과였음을.

마법사
THE MAGICIAN

내가 운영하는 타로 샵 〈아르카나〉는 논현동 주택가 허름한 상가 1층에 있다. 검붉은 장밋빛 러그 위에 회색 소파와 장미목 테이블만 놓여 있다. 작은 싱크대에서 간단한 식사를 만들어 먹고, 다용도실에서 잠을 잔다. 이곳에서 몇 개월이나 살게 될지는 모른다. 동생 소식이 들리면 언제나처럼 그곳으로 떠나야 한다.

가게 이름인 〈아르카나〉는 '비밀'을 뜻하는 라틴어에서 유래됐다. 타로 카드는 메이저 아르카나 22장, 마이

너 아르카나 56장으로 이뤄져 있다. 타로 카드 78장만 있으면 사람의 마음을 읽을 수 있다. 마음을 비춰 주는 거울이니까.

간판은 없다. 일부러 걸지 않았다. 내게 필요한 손님만 받기 위해서다. 필요한 손님이란 서희의 행방을 알고 있거나, 알 것 같은 사람들이다.

알다시피 동생은 증발해 버렸다. 사라진 날부터 휴대폰도 교통카드도 사용하지 않았다. 숨어 버리기로 작정한 듯 흔적을 남기지 않았다.

처음에는 흔한 가출인 줄 알았다. 아버지가 엄마를 죽였으니 집이 죽도록 싫었겠지. 한 달이 지나서야 단순한 가출이 아니라는 생각이 들었다.

경찰에 실종 신고를 했지만 생활반응이 전혀 없어 찾지 못했다. 당시 경찰인 언니가 동생을 찾지 못한다는 것이 말이나 되는가.

구치소에서 만난 아버지는 서희 소식에 비식거리며 웃었다. 엄마가 죽기 전날, 아이돌 가수가 되고 싶었던 동생이 엄마와 심하게 다투고 집을 나갔다고 했다. 어차피 엄마가 죽어도 눈 깜짝 안 할 년이라고 욕을 해댔다. 나는 그게 엄마를 죽인 사람이 할 말이냐고 악을 썼다.

동생이 엄마의 죽음을 아는지 모르는지도 알 수 없었

다. 본인에게 닥친 끔찍한 현실을 모른 채, 춤추고 노래하며 어느 댄스팀에 속해 합숙이나 하고 있으면 좋으련만. 서울, 경기뿐만 아니라 전국의 연예기획사에 문의 전화를 해 봤지만 그 어디에도 동생은 없었다.

동생 친구들은 고등학교를 졸업했고, 그 뒤로도 한참이 지났지만 서희는 연락이 없다. 그사이 주민등록은 말소됐다. 경찰인 언니를 비웃듯 감쪽같이 사라졌다, 나쁜 년.

신인 걸그룹이나 여자 가수가 데뷔할 때마다 긴장했다. 갑자기 브라운관에서 동생을 만날 수도 있으니까. 무사하다는 것만 확인되면 동생이 어떻게 살든 찾지 않을 거다.

하지만 뜻하지 않은 곳에서 그녀의 소식을 들었다. 경기도 룸살롱 〈하라쇼〉에서 봤다는 제보였다. 손이 떨렸다. 생각지도 못한 곳이었다.

동생을 찾으러 갔지만 들어갈 수 없었다. 그곳을 지키고 있는 건장한 남자, 기도들은 나를 순순히 들여보내지 않았다. 돈을 내고 술을 마시겠다고 해도 소용없었다. 혼자 온 여자는 손님으로 받을 수 없다는 거다. 어쩔 수 없이 경찰임을 밝히자, 오히려 역효과가 났다.

"그래서 뭐? 어쩌라고!"

그들은 당당하게 나를 거절했다.

"가쇼, 좋은 말로 할 때. 민간인들에게는 민간인 법이 있겠지만 여긴 달라. 우리한텐 그게 안 통해. 경찰? 내 손으로 저승 보낸 경찰이 몇이나 되는 줄 알아!"

"아가씨 중에 조서희, 서희가 있나 확인만 해 주세요. 네?"

"없어, 없다고 몇 번을 말해!"

"그러니까 내가 들어가 본다고. 진짜 잠깐이면 된다니까. 너희가 불법으로 일하든 말든, 성매매를 하든 말든 관심 없어. 아가씨들 얼굴 한 번만 보겠다고, 어?"

"어이, 경찰 아가씨."

그들은 위협적으로 다가왔다. 일대일 상황이었다면 뒷걸음질 치지 않았을 거다. 남자 셋이 날 둘러싸자 겁이 났다.

"경찰이면 죄 없는 시민을 의심해도 되나?"

"너무 억울하잖아, 무고한 시민을 이렇게 괴롭히면. 경찰은 약자 편이라메? 술 취한 새끼들에게 사장님, 사장님 해야 하는 우리는 약자 아닌가?"

자기들끼리 낄낄거렸다.

"알았으니까, 십 분만."

나는 들어가야만 했다. 그들이 어떻게 막아서든 개의치 않고 계단을 향해 무작정 달렸다. 입구 근처에 닿기도 전에 덩치가 제일 큰 놈이 날 밀쳐냈다. 퉁겨진 나는 담배꽁

초와 전단지로 더러워진 바닥을 굴렀다. 손바닥이 따끔거렸다. 깨진 병 조각이 살갗에 박혀 버렸다.

"난 정당방위야. 네가 먼저 덤볐다고! 억울하면 영장 가져와!"

덩치는 이죽이며 웃었다.

저 지하 계단만 내려가면 되는데 방법이 없다. 화류계는 내가 사는 세상과는 다른 법칙으로 돌아가는 것이 확실했다. 사장이 나를 파출소에 신고했다는 말이 무전기를 통해 흘러나왔다. 대한민국에 경찰이 들어갈 수 없는 곳이 있다니. 하, 기가 찼다.

손을 털고 일어나는데 버건디 색의 철릭 원피스를 입은 여자가 주차장에 차를 대고 내리는 것이 보였다. 40대 초반으로 보였고, 마담이나 아가씨는 아닌 것 같았다.

"선생님, 오셨습니까?"

나를 밀쳤던 덩치가 깍듯하게 인사했다. 여자 혼자는 출입이 안 된다고 하더니, 그 여자가 들어갈 때는 막지 않았다. 나는 발끈했다.

"저 사람은 왜 혼자 들어가는데!"

"아가씨들이 초대한 손님이야."

"나도 손님이라구, 술 마실 돈도 있어!"

지갑을 꺼내들며 지폐를 찾는데 하필 천 원짜리 뿐이었

다. 그들의 비웃음이 머리 위로 쏟아졌다.

"이게 돈으로 다 되는 게 아니라니까. 용한 분이시라고, 저분은."

철릭 자락을 휘날리며 지하로 내려간 여자는 무당이었다.

나는 룸살롱 맞은편의 편의점 간이의자에 앉아 그 여자가 나오기를 기다렸다. 두 시간 반이 지나서야 나왔다. 무작정 달려가 그녀의 팔을 잡았다.

"죄송합니다, 혹시 이렇게 생긴 아가씨가 있나요?"

휴대폰에 있는 서희의 사진을 불쑥 들이밀었다. 별별 경우를 겪어서 그런지 화를 낼 법한 상황인데도 무당은 차분했다. 휴대폰을 가져가더니 사진을 꼼꼼하게 살폈다. 그리고 고개를 갸웃했다.

"글쎄…."

한 번 더 유심히 보더니, 휴대폰을 돌려줬다.

"아가씨들을 다 알진 못해요. 혹시 봤다해도 말해 줄 수 없고. 저들 중에 누가 살인을 저질렀어도 난 비밀을 지켜야 하는 무당입니다. 아가씨들은 사연이 많아요. 어떤 관계인지 모르겠지만, 고객에 대해서 난 아무것도 말해 줄 수 없어요."

"남이 아니라 동생이에요, 제 친동생."

"아가씨들은 가족도 달가워하지 않아요. 이렇게 사는 걸 보여 주고 싶지 않으니까. 처음부터 이 일을 하겠다고 마음먹고 온 아가씨는 없어요. 돈이 급해서, 돈 때문에 발을 들였다가 눌러앉은 거죠. 아가씨들은 어디서부터 인생이 꼬였는지 궁금해 해요. 그래서 종종 날 부르죠, 여기로. 쉬는 날인데도 갈 곳이 여기밖에 없는 사람들입니다. 잘 맞춘다고만 하면 신점, 사주, 타로 카드, 서양 별자리, 자미두수 할 것 없이 출장 예약을 잡아요. 언제쯤 텐프로가 될지, 어느 마담이랑 일하면 좋을지, 누가 내 스폰서가 될지. 잘나가고 바쁜 아가씨들은 고민이 없어요. 고민할 시간이 뭐야, 돈 쓸 시간도 없을 텐데. 날 찾아오는 아가씨들은 일이 잘 안 풀리는 사람들이죠. 그리고 궁금하잖아요, 계속 이렇게 살아야 하는지."

더는 이 사람을 잡고 매달릴 수 없었다. 결국 원하는 대답은 듣지 못하고 그녀와 헤어졌다.

대신 화류계에 접근할 수 있는 힌트를 얻었다. 내가 손님이 되는 것이 아니라, 아가씨들을 내 손님으로 만들어야 한다. 그렇다고 하루아침에 신내림을 받아 무당이 될 수는 없다. 수년간 배워도 어렵다는 사주를 이제부터 배울 수도 없는 노릇이고. 남은 건 타로 카드다.

엄마가 돌아가시고 심리 상담을 받으면서 타로 카드를 처음 뽑아봤다. 상담사가 타로 카드를 사용하는 것이 처음에는 의아했었다. 상담 도구로 종종 활용한다고 했다.

"타로 카드에서 가장 중요한 건 질문이에요. 질문이 무엇인지 완벽하게 이해하면 어디서든 답을 찾을 수 있죠. 타로 카드 상담은 사실 마음속에 맴도는 질문을 찾는 과정이기도 합니다."

질문? 그게 뭐 대단한 일이라고. 팔짱을 낀 채 의자에 앉아 속으로 투덜거렸다. 질문 못 하는 사람이 어디 있단 말인가? 그런데 질문을 구체적으로 정확하게 하는 것은 꽤 어려웠다.

상담은 쉬운 질문을 하는 것부터 다시 시작했다. 그렇게 연습해보니 문제의 답은 이미 내 마음속에 있거나, 답을 알고 있는 경우가 대부분이었다. 무엇을 궁금해 하고, 무엇을 알고 싶은지 알고 나니 문제의 절반은 해결되었다.

"질문을 찾고 나면 우연들이 일어나요. 답을 찾고 싶은 사람들에게만 보이는 타로 카드의 힌트랍니다. 그게 칼 융의 동시성의 원리죠. 우연히 사건이 해결되는 게 아니라, 답을 구하고 싶은 사람이 그 질문을 생각했기 때문에 그 답이 보이는 겁니다."

"두드리면 열릴 것이다. 이런 말인가요?"

"비슷해요. 질문하면 답을 찾게 됩니다. 사실 타로 카드는 정해진 답이 없어요. 관점에 따라 해석이 달라질 수 있거든요. 게다가 모든 타로 카드는 긍정과 부정의 뜻을 갖고 있어요. 동전의 앞면과 뒷면처럼."

그렇게 몇 차례 타로 카드 상담을 받았었다. 그리고 책도 구매해서 읽었다. 아버지가 왜 엄마를 그런 모습으로 찍었는지 궁금했으니까.

그래서 다른 점술 방식보다 타로 카드가 익숙했다. 화류계 아가씨들을 만나기 위해 타로 마스터가 되기로 마음먹었다.

타로 카드를 배워 보니 신비로운 점술이기도 했지만, 상대방의 마음을 읽어야 하는 심리학이기도 했다. 경찰행정학과 전공수업으로 들었던 〈범죄 심리학〉, 〈프로파일링 기초〉, 〈사이코패스와 프로파일러〉 수업의 교재들을 다시 펼쳐 봤다. 어떻게든 도움이 되리라 싶었다.

배운 지 한 달 만에 〈하라쇼〉의 아가씨들이 자주 온다는 헤어 살롱을 찾아갔다. 길고 푸석한 머리칼을 블루블랙으로 염색하며 헤어 디자이너와 수다를 떨었다.

틈을 타서 타로 카드를 펼쳤다. 헤어 디자이너는 어제 남자 친구와 헤어졌는데, 사실은 화가 나서 그냥 한 말이라 후회하고 있었다. 정말 헤어지게 될 줄 몰랐는데, 남자 친구의 마음이 궁금하다고 했다.

헤어 디자이너에게 타로 카드를 뽑으라고 했다. 그 카드들의 의미를 읽어 주며 상담을 하고 있는데, 업소 출근을 앞둔 아가씨들이 하나둘 모여들기 시작했다. 아가씨들에게 다가가는 작전은 이렇게 성공했다. 마법사에게는 마술을 부릴 도구가 있다면, 내게는 아가씨들의 마음을 열 수 있는 타로 카드가 생긴 것이다.

그날 밤, 나는 〈하라쇼〉에 입성할 수 있었다. 그러나 이미 서희는 다른 곳으로 옮긴 후였다.

그때부터다.

경찰을 그만두고 서희를 찾기 위해 타로 카드를 들고 밤마다 유흥가 아가씨들을 만났다. 서울, 경기, 때론 광주, 부산까지 찾아갔다. 주로 월세를 낼 수 있는 곳을 주거지로 골랐는데, 하룻밤 만에 옮긴 일도 있었다.

처음에는 무료로 타로 상담을 했다. 유흥업소 근처 네일샵, 헤어살롱, 명품의상 대여실 사장들이 주된 손님이었다. 사장들은 아가씨들에게 용한 타로 언니가 있다고 소문내기 시작했다.

손님이 늘어나면서 내 상담 실력도 늘었다. 그들의 고민은 대부분 비슷했다. 돈, 남자, 그리고 불안한 미래였다.

언제쯤 텐프로가 될 수 있을까?

나도 마담이 될 수 있을까?

이 남자가 내 스폰서일까?

스폰을 받아들여야 할까?

내 돈 떼어먹은 사기꾼은 잡을 수 있을까?

언제까지 이 일을 해야 할까?

저마다의 사연으로 화류계에 흘러들어 왔지만 어린 시절 꿈이 '아가씨'인 사람은 단 한 명도 없었다. 돈이 없어 시작했지만, 지금은 그 돈 때문에 그만두지 못하는 경우도 많았다. 한 달에 수백만 원 벌던 대학생이 최저 임금을 받는 평범한 아르바이트를 다시 시작하기란 쉽지 않았으리라. 그렇게 만난 아가씨들에게 타로 상담을 해 주며, 은근 슬쩍 동생 사진을 보여 줬다. 건너 건너 아는 경우도 있었고, 같이 일했던 사람도 있었다. 한달음에 찾아가 보면 동생과 닮은 여자가 대부분이었다.

그렇게 몇 년을 지내다 보니 유흥업소 종사자들이 모여 있는 온라인 커뮤니티에서 '마담 타로'라는 별명도 얻었다.

그러던 중 한 달 전, 말소되었던 동생의 주민등록이 살아났다. 전입신고가 된 곳은 경기도 일산이었다. 사는 곳을 찾았으니 당장 만날 줄 알았다. 하지만 집은 비어 있었다. 며칠을 기다려도 당사자나 동거인도 나타나지 않았다.

이웃들을 탐문해 보니 동생을 네일샵을 운영하는 인사성 바른 사람으로 기억하고 있었다. 한 달 후 결혼식을 앞두고 있었고, 남자 친구와 동거 중이라고 했다. 실력도 출중하고 꽤나 잘나가는 네일샵 사장인데, 이번에 강남대로에 작은 네일샵을 준비 중이라며 아주머니들이 칭찬했다. 젊은 여자가 싹싹하다며 자신들의 손가락을 내밀어 보였다. 손톱에는 각양각색의 매니큐어가 칠해져 있고, 반짝이는 스톤도 달려 있었다. 동생 솜씨였다.

안도했다. 남자를 만나 가정을 꾸리고 잘 살고 있는 것 같아 마음이 놓였다.

그리고 얼마 전에 동생을 만나러 다시 갔다. 탐문하면서 이웃에게 연락처를 남겨놓았는데, 동생이 돌아왔다는 연락이 온 것이다. 아직도 그 날을 떠올리면 심장이 뛴다. 정말 동생을 찾을 줄로만 알았는데.

그 여자는 동생의 주민등록으로 살고 있던 최아영이었다. 주민들 말대로 성실한 사람이었다. 묻는 대로 숨김없이 말해줬다. 아이돌 가수로 데뷔하기에는 나이가 많아서 미성년자였던 서희와 신분을 바꿨다고 했다. 결국 아이돌

이 되지 못하고 사채를 썼던 사연, 사채업자들을 피해 돌아다니다가 주민등록이 말소된 이유까지 숨기지 않았다. 결혼식을 앞두고 주민등록을 살렸고, 대부분의 빚은 남자친구가 해결해 줬다고 했다.

"고민 많이 했어요. 언젠가는 혼인신고를 해야 하잖아요. 아이도 낳을 건데."

"잘했어요, 그래서 결국 만났잖아요, 우리."

"죄송해요. 제가 서희를 계속 챙겼어야 했는데. 저도 일이 안 풀리니까…."

"그럼 서희는 지금 최아영으로 살고 있는 건가요?"

"처음에는 그랬죠. 지금은 누구로 살고 있는지 몰라요. 텐프로가 됐다는 이야기는 들었어요. 결국 네 인생도 제대로 꼬였구나 싶어 씁쓸했죠. 그러다 한 번 마주쳤는데, 못 알아봤어요. 성형 수술이 잘돼서 완전 다른 사람 됐더라구. 연예인보다 더 예뻐. 언니, 그 사진으론 찾기 힘들어요."

최아영은 3년 전 서희와 함께 찍은 사진을 휴대폰으로 전송해 줬다.

"이날 헤어지면서 다음에 만나면 술 한잔하자고 했는데. 그때 바빠서 일주일인가 있다가 연락했는데 없는 번호라잖아. 그게 끝. 나랑 서희랑 풀 것도 있으니까 찾으면 연락해요."

"고마워요. 그리고 결혼 축하해요."

"결혼 한두 번 하나요."

그녀는 웃으면서 농담인지 진담인지 모를 유머를 흘렸다.

결국 최아영은 결혼식 전에 죽었다. 공식적으로는 내 동생이 죽은 것이다. 엄마와 같은 수법으로 죽은 것을 보면 범인은 동일 인물이다. 그는 조서희를 죽였다며 만족하겠지? 하지만 죽은 자가 서희가 아니라는 것을 알게 된다면 다시 찾아올 것이다. 가짜가 아니라 진짜를 죽이기 위해 반드시 찾아올 것이다.

2

여사제
THE HIGH PRIESTESS

강남 룸살롱 〈타임〉은 죽은 최아영과 함께 아이돌 연습생 생활을 하던 카밀라가 일했던 곳이다. 카밀라를 만나려고 찾아왔지만 이미 떠난 후였다. 건너편 동네 어딘가에 자기 가게를 차려 마담이 되었다고 했다. 텐프로도 아닌 일프로 룸살롱이라 나 혼자 접근하기 힘들었다. 어떻게든 아가씨들의 도움이 더 필요하다. 오늘은 그곳에서 친해진 단골 아가씨가 예약했기 때문에 오랜만에 〈타임〉으로 향했다.

마담 타로

유흥가 초입은 성인이라면 누구나 술을 마실 수 있는 음식점과 노래방이 즐비하다. 취객들끼리 시비가 일어나기도 하고, 처음 본 남녀가 한자리에 앉아 술을 마시기도 한다. 불법은 없다.

초입을 지나 골목 안으로 들어갈수록, 네온사인이 꺼지고 간판 없는 유흥주점들이 자리 잡고 있다. 〈타임〉도 그렇다. 취객들을 유혹하는 불빛은 애초부터 없다. 철저히 신분이 보장된 사람들만 드나드는 곳이니까.

서비스업계는 손님과 직원의 출입구가 다른 경우가 많다. 호텔, 백화점, 마트 등이 그렇다. 유흥주점도 그런 경우가 더러 있다. 은밀하고 불법이 많은 곳은 비밀 통로도 있다. 이곳 역시 건물 측면에 관계자 전용 출입문이 있다. 그 문을 통해 그들만의 세계로 들어갔다.

계단을 따라 내려가면 바로 주방 출입문이 나온다. 왼쪽으로 꺾으면 아가씨들의 휴게 공간이다. 업소마다 다르긴 하지만 아가씨들이 화장을 수정하고, 휴대폰을 충전하면서 쉴 수 있는 공간이 마련돼 있다. 이곳이 내 일터다. 문을 열고 들어가니 안나가 아가씨 두 명과 함께 기다리고 있었다. 단체 손님들이 이미 지명한 아가씨들이 따로 있어 오늘은 한가하다고 했다.

그들은 엉덩이만 겨우 가린 스판덱스 소재의 원피스를

입고 허연 허벅지의 속살까지 아무렇지 않게 드러내고 있었다.

상상만으로 에로틱한가?

아니다. 여자가 보는 유흥가의 분위기는 전혀 에로틱하지 않다. 여탕 탈의실에 들어와 있는 풍경이랄까? 스판덱스 원피스는 직장 유니폼이라고 생각하면 된다. 유행하는 명품일수도 있고, 명품 스타일을 흉내 낸 홈쇼핑 제품일 수도 있다.

흔히 텐프로로 불리는 아가씨들보다 더 급이 높은 일프로 아가씨들은 웬만한 연예인보다 더 많은 돈을 번다. 예전에는 연예인이 되고 싶어 룸살롱에 나왔다면, 이제는 룸살롱 아가씨들끼리 손님 유치 경쟁에서 살아남기 위해 방송에 나간다고 했다. 드라마, 영화, 방송에 나왔던 아가씨라고 하면 일부러 찾아오는 손님들이 꽤 많단다. 일프로 룸살롱을 운영하는 마담들은 화류계의 CEO다. 마치 연예인 기획사 사장 같다. 밤의 유흥을 확실히 책임질 쇼의 연출자이기도 하다. 그들은 출근 복장으로만 웬만한 아파트의 전세 값을 걸친다. 아름다움을 위해 끊임이 돈을 투자한다. 외모가 계급이 되는 곳이 화류계다.

돈?

그들에게는 종잇조각이다. 아가씨들의 웃음 한 번에 몇

백만 원, 몇 천만 원씩 쓸 준비가 된 남자들이 줄을 섰다. 그들을 보고 있자면 오히려 돈을 못 써 안달이 난 사람처럼 애처롭기까지 하다. 이곳에서는 눈에 보이는 것이 전부이고, 돈이 진심이다.

안나는 아직 명품을 척척 사 입을 정도로 인기 있고, 능력 있는 아가씨는 아니다. 그게 고민이라 몇 번 타로를 봤고 어느새 내 단골이 됐다.

나는 타로 카드를 펼치기 위해서 넓은 테이블 위에 벨벳 천을 깔았다. 고스톱 칠 때 담요를 까는 것과 비슷하다. 이렇게 해야 타로 카드를 수월하게 펼칠 수 있다. 그리고 주먹만 한 수정 구슬을 꺼내 놓았다. LED 등이 들어 있어 전원을 켜면 수정 구슬 안에 작은 태양계가 보인다. 그것만으로도 이곳 분위기가 신비로워진다. 그리고 작은 싱잉볼로 은은한 소리를 낸다. 문밖에서 음식 주문 넣는 소리, 아가씨 부르는 소리, 취객 소리가 들려도 이 공간만은 아주 잠시 고요해진다.

타로 카드를 섞고 있는데, 안나는 뭐가 급한지 두 무릎을 꿇은 채로 다가왔다. 그러더니 내 앞으로 불쑥 휴대폰을 들이밀고는 남자 두 명의 사진을 보여 줬다.

"언니, 언니. 나 이 오빠랑 잘될까? 아님 이 오빠랑 잘될까?"

"넌 누가 더 좋은데?"

"그놈이 그놈인데. 어떤 새끼가 괜찮은 놈인지 진짜 모르겠어. 헷갈린단 말이야. 얘랑은 잠자리가 좋고, 앤 돈이 많고."

고운 외모와 달리 안나의 입에서 거칠고 찰진 비속어들이 쏟아졌다. 곁에 있던 아가씨들은 까르르르 웃었다. 영락없는 사춘기 동생들 같았다. 학교가 세상 전부였던 학생들처럼, 화류계가 이 세상 전부인 아가씨들.

안나가 보여 준 사진을 유심히 봤다. 한 남자는 회사원 스타일로 단정한 헤어스타일에 양복을 입었다. 30대 초반으로 보였다. 다른 남자는 헬스트레이너인지 바디프로필 사진이었다. 이 남자는 20대 후반? 둘 다 외모도 비슷했다. 그러고 보니 작년 남우주연상을 받은 그 영화배우와 닮았다. 안나의 남자 취향이 이렇군. 두 남자의 외모만 보자면 막상막하였다.

"이 남자들과 어떻게 될지 궁금해?"

"어떻게 될지는 뻔 하잖아. 나랑 잘되겠지. 그런데 어떤 남자를 만나는 게 더 나을지. 정말 마음이 똑같아서 결정하기 힘들거든."

나는 타로 카드를 섞으면서 다시 사진을 유심히 봤다. 사진 속 회사원 타입은 낯이 익었다. 어디서 봤더라. 누구더라. 더는 기억나지 않았다.

"뭐야, 왜 그렇게 빤히 봐? 마음에 들어?"

"아니. 아는 사람 같아서."

"언니가 어떻게 알겠어. 이 사람 변호사야. 잘생겼지? 뇌도 얼마나 섹시한데."

돈만 내면 언제든지 만날 수 있는 사람이 변호사 아니던가. 하지만 이제 막 스무 살이 넘었을 안나에게는 그 직업이 동경의 대상이 될 수도 있겠지.

"손님으로 만났어?"

"손님이라니. 여기 오는 놈들이랑 비교도 안 돼. 아무리 매너 좋은 손님도 난 싫어. 절대 안 만나."

"그럼? 학교 선배야?"

안나는 대학교 1학년 휴학 중이기도 했다. 학비를 벌기 위해 이 세계에 들어왔다. 여자가, 빠르게, 큰돈을 벌 수 있는 일은 이것뿐이라고 확고하게 말했다.

"우린 프랑스어 강좌에서 만났어. 와인 동호회랑 함께 수업한 적이 있었거든."

"멋진데?"

꽤 그럴싸한 만남이다. 프랑스어를 배우며 와인을 마시는 남자가 유흥업소를 다니지 않으리라는 보장은 없다. 그래도 공부하다 만났다고 하니 마음이 놓이긴 했다.

"누가 더 좋은 남자인지 궁금하다는 거지?"

"응."

나는 타로 카드를 다시 섞었다. 안나에게 마음속으로 질문을 하고, 왼손으로 뒤집혀 있는 타로 카드 두 장을 뽑으라고 했다.

"떨려."

대부분의 사람이 타로 카드를 뽑을 때 가장 긴장한다. 미래의 운명이 마치 자신의 손에 달린 것 같은 기분 때문일 것이다. 안나는 눈을 질끈 감았다 뜨더니, 바로 카드 두 개를 차례로 골라냈다.

나는 카드를 받아서 바닥에 놓으며 뒤집었다. 하나는 악마 카드, 하나는 백발노인이 있는 은둔자 카드였다.

"악마랑 할아버지라고?"

안나는 '연인'이나 '운명의 수레바퀴'처럼 이름도 멋진 타로 카드를 기대했을 것이다. 하지만 그림만 봐도 로맨스와는 상관없어 보이는 카드였다. 그림 속 남자들도 멋지거나 매력적이지 않았다. 동료들은 숨이 넘어가도록 웃었다.

"모든 카드에는 긍정과 부정의 뜻이 있어."

나는 자세히 설명해 주기 위해 악마 카드를 집어 들었다. 그런데 목에 사슬을 걸고 있는 남자와 여자의 모습에서 오늘따라 유난히 쇠사슬이 눈에 들어왔다. 결박되고, 구속되고, 체포되는 상황들이 떠올랐다. 경찰의 직업병이지, 뭐. 그냥 넘기려는데 아무래도 변호사라는 남자는 낯이 익었다. 미간을 찌푸렸을 때, 머릿속에 사진 한 장이 떠올랐다.

그래, 이 남자!

나는 경찰청 앱인 '스마트 국민 제보'를 열고 종합 공개 수배를 클릭했다. 고유 번호가 적힌 범죄자들의 사진이 공개돼 있었다. 그중 7번을 클릭했다.

"이 사람 맞지?"

안나의 표정이 굳어 버렸다.

"어? 맞아. 이름은 다른데 얼굴은 분명…."

"죄명 보이지? 성폭력. 그것도 13세 미만 미성년자 강간이야."

안나는 고개를 도리질했다.

"그럴 리 없어."

입가에 가벼운 경련이 이는 것도 보였다. 변호사로 알고 있던 남자가 공개 수배자였으니 놀랄 만도 했다. 옆에서 히히거리던 아가씨들도 일제히 침묵했다.

"언니이, 그럼 난 어떻게 해?"

안나는 우는 소리를 하며 난감한 표정을 지었다.

"여기 보이지? 신고하기 버튼."

"그렇게까지 해야 해?"

"해야지. 미성년자들이 또 당하기 전에. 이 헬스트레이너를 만나 봐. 이 카드는 은둔자 카드인데, 이 남자가 든 등불 보이지? 네 인생의 등불을 밝혀 줄 연인이 될 수 있어. 이 등을 켜기 위해 미리 기름을 준비한 부지런한 사람만이 새로운 연인을 맞이할 수 있다고 해."

"이 남자는 돈이 없는데…."

"그건 네 생각이잖아. 확인해 봤어?"

"아니."

"거 봐. 그리고 자신에게 물어봐. 이 남자가 좋은 건지, 이 남자의 돈이 좋은 거지."

"나 그렇게 돈만 밝히는 년 아니거든?"

안나가 입을 샐쭉했다.

그때였다. 갑자기 문밖이 소란스러웠다.

"경찰입니다!"

그 소리가 또렷하게 들렸다.

3

여황제
THE EMPRESS

　결국 경찰서다.

　〈타임〉이 영업하던 건물은 상가가 아니라 주상복합 건물이었단다. 일부 룸이 가정집으로 포함돼 있어 명백한 불법이다. 아가씨들과 종업원 그리고 마담과 부장까지 모조리 잡혀 왔다. 단체 손님들은 비상구로 탈출했지만, 휴게방에 있던 나는 도망치지 못했다.

　식품위생법이 어쩌고저쩌고 주방 이모가 한껏 소리 지르며 경찰과 조사 중이다. 아가씨들은 건물주의 아내가 신고했을 거라고 수군거렸다.

"사장님이 우리 단골이거든. 에이스 언니 스폰서고. 그 사모가 결국 신고했네. 이럴 줄 알았어. 오늘 출근하기 싫더라니. 사장이랑 에이스 언니랑 태국에 골프치러 갔거든. 불쌍한 우리만 잡혔네. 나 걸리면 안 되는데…. 근데 언니도 참 운 없다. 내가 재수 없는 년이라 그래."

"그런 말이 어딨어?"

"진짜야. 나랑 있으면 재수 없어. 우리 아빠가 그랬어."

"됐어. 나도 이런 일 한두 번인 줄 알아? 걱정하지 마. 오늘 조사가 불리하면 그 변호사 이야기 슬쩍 꺼내 봐. 지명수배 7번이면 형사들에게도 꽤나 매력적일 거니까."

"딜을 하라는 거야?"

"급하면 해야지."

시답잖은 농담을 주거니 받거니 하는 사이 안나도 긴장이 풀린 것 같았다.

늘 그렇듯 경찰서는 취조하는 형사들의 키보드 소리와 용의자들의 고성이 기묘한 하모니를 이룬다. 쉴 새 없이 걸려오는 전화벨 소리와 무전기 소리도 코러스로 얹어져 지루할 틈이 없다. 혹시라도 그런 일은 없겠지만, 아는 사람을 만날까 봐 고개를 숙였다. 간단한 조사만 마치면 금방 집으로 돌아갈 수 있다. 혐의랄 것도 없으니까.

하지만 신원 확인하며 직업을 조사할 땐 좀 난감할 것 같다. 일단 옷차림으로 보나, 얼굴로 보나 내가 '아가씨'로는 보이지 않을 거다. 그럼 주방 이모로 보이려나? 뭐든 상관없다. 타로 마스터라고 말하면 생소한 직업이라 더 믿어주지 않을 것 같다.

사무실 구석에서는 문서 파쇄기가 쉴 새 없이 돌아가다가, 둔탁한 소리를 내며 덜컥 멈추었다. 동시에 누군가가 나를 알아봤다.

"서란 선배?"

익숙한 목소리였다. 고개를 들어 보니 대학 후배이자, 파출소에서 함께 근무했던 성훈이가 서 있었다.

"성훈아."

반가우면서도 얼굴이 붉어졌다. 하필 여기서, 이런 수사를 받을 때 만나다니.

"선배가 왜 여기 있어?"

그는 나와 함께 섞여 있는 이들을 훑어보고 눈이 커졌다.

"선배가 유흥주점 단속 신고했어?"

"아니."

자세히 설명하기가 난감했다.

"그럼? 술 한 잔?"

그가 손으로 술잔 꺾는 시늉을 했다.

"근데 선배 술 안 하잖아? 대체 무슨 일이야."

"그렇게 됐다."

반가웠지만 그가 빨리 지나가길 바랐다. 동료나 선임이 부르거나, 급한 약속이 생기거나, 사건이라도 터져서 다음을 기약하며 허겁지겁 이 자리를 뜨기를 바랐는데.

"선배 이혼하고 우리가 얼마나 놀랐는지 알아? 연락도 딱 끊어 버리고. 대체 지금 어디 사는 거야? 선배 자살했다는 소문까지 돌았다니까. 형이 나서서 해명하고, 난리도 아니었다."

사생활까지 폭로했다. 하, 이 녀석이 이렇게까지 눈치가 없었나?

안나와 아가씨들 그리고 웨이터들이 우리 대화에 귀 기울이고 있는 것이 느껴졌다. 세상에서 가장 재밌는 이야기가 남의 불행 아니던가.

"그렇다고 경찰복까지 벗을 이유는 없잖아. 나 경찰 시험 그만둔다고 했을 때, 밥 사주고 술 사준 사람이 선배면서. 정말 너무하십니다."

아가씨들과 웨이터들의 눈이 휘둥그레졌다.

"언니 경찰이었어?"

안나의 눈빛에는 배신감이 스쳐 갔다. 그들은 내가 신고라도 했다고 믿는 것 같은 눈치였다.

"아주 잠깐. 지금은 그냥 시민이야, 너처럼."

안나에게 대답하자마자 성훈에게도 대답해야 했다.

"미안. 그렇게 됐어. 너 바쁘지 않아?"

"바빠. 엄청 바빠. 바빠도 선배가 여기 있는데 내가 어떻게 가. 형한테 물어도 번호 모른다고 하더라. 어떻게 그러냐, 부부가."

정말 난감했다. 벌써 이혼한 지 5년이나 흘러서 내가 결혼했었다는 사실조차 잊고 있었다. 그런데 나를 너무 잘 아는 저격수가 나타났다. 그는 내 후배이면서, 경찰인 전남편의 후임이니까. 나와 전남편에 대해 너무 잘 알고 있다. 그들은 호형호제하며 친형제처럼 지냈다. 지금도 그렇겠지?

"왔는데 형은 보고 가야지."

여전히 호형호제하는구나. 게다가 성훈이는 주머니에서 급히 휴대폰을 꺼냈다. 어디로 전화하려는지 안 봐도 뻔했다.

"아니, 아니. 괜찮아."

나는 다급하게 성훈이의 팔목을 잡았다.

"우리 이혼했다니까."

목소리를 낮춰서 다시 말했지만 소용없었다.

"그러니까. 이럴 때 모르는 척하고 만나는 게 최고야.

안부 인사도 하고. 그러다 다시 만나고 그러는 거지. 기다려 봐. 바로 데려올게."

"아니, 아니."

그는 만류하는 나를 뿌리치고 사무실을 나섰다.

"언니 진짜 경찰이었던 거야? 잠복근무 뭐 그런 거야?"

안나가 입술을 샐쭉거리며 말했다. 팔짱까지 단단히 낀채 노려봤다.

"지금 영화 찍니? 드라마 찍어? 나 경찰 아니야, 이제."

"언니가 신고한 거 아니지? 진짜 아니지?"

"나도 같이 잡혀 왔거든?"

"그러네."

한마디에 모두가 의심의 시선을 거뒀다.

형식적인 조사는 계속됐다. 새벽 세 시 반이 넘어가자 경찰서는 좀 한산해졌다. 아가씨 몇몇은 서로의 어깨에 기대 졸기 시작했다. 삼촌들은 아예 벤치를 침대 삼아 누워 버렸다. 나도 저들처럼 속편하게 잠들고 싶었지만, 자꾸 출입문이 신경 쓰였다. 성훈이는 당장이라도 전남편을 데리고 올 것처럼 나가 놓고는 아직 감감무소식이다. 그 사이 출동했거나, 용의자가 잡혀 왔을 수도 있다. 국민의 안전을 위해 가까운 사람과의 약속은 밥 먹듯이 어겨야 하는 직업이 경찰이다.

눈꺼풀이 무거워졌다. 세상에서 가장 무거운 강철을 들어 올리는 것처럼 두 눈에 힘을 줬지만 떨어지는 눈꺼풀을 감당할 수 없었다. 깜빡깜빡 졸았다. 고개가 웨이터의 어깨로 떨어져서 화들짝 놀라기도 했다. 정신 차려야지. 고개를 세차게 흔들고도 다시 졸았다.

"조서란 씨?"

꿈결에 내 이름을 들었다.

"조서란 씨!"

담당 경찰의 목소리에 짜증이 묻어 있었다. 순간 잠이 달아났다.

"네!"

내 순서였다. 졸던 나는 벌떡 일어나다가 묵직한 벽에 부딪혀 넘어졌다. 연행되기 직전 주머니에 급히 넣어 둔 타로 카드가 바닥으로 흩어졌다. 아픈 것보다 이 상황이 창피했다. 정신 차리고 일어나는데, 그제야 반대편 바닥에 넘어져 있는 남자를 발견했다. 아마 형사와 부딪혔나 보다. 그가 들고 있던 사건 파일도 바닥에 흩어져 있었다.

안나가 괜찮으냐고 물으면서 타로 카드들을 주웠다. 나는 고맙다고 할 겨를도 없이 바닥에 흩어진 사건 파일들을 줍기 바빴다.

"아이 씨."

형사는 일어나면서 거친 욕을 해댔다.

"죄송합니다, 죄송합니다."

나는 서류 뭉치를 주우면서 계속 사과했다. 쌍방과실이긴 했지만 내가 불쑥 일어선 것은 맞으니까. 서류를 대충 정리해서 다가오는 형사에게 건네는데….

전남편인 유한이었다. 그도 나를 알아봤다.

그 와중에 안나는 타로 카드를 내게 건네줬다.

"언니 괜찮아?"

"응."

나는 카드를 받아 들며 애써 웃었다. 그리고 그를 향해 정중하게 사과했다.

"죄송합니다."

"조심 좀 하시죠?"

그는 나를 쏘아봤다. 이혼하던 날 가정법원에서 헤어질 때의 눈빛과 똑같았다.

"예."

짧게 대답했다. 누가 시키지도 않았는데 서로 모르는 사이인 척 연기했다. 그게 속편하지. 그가 동료에게 가는 사이, 안나가 오히려 불쾌한 표정을 지었다.

"경찰이면 다야? 진짜 재수 없네."

"그만해. 괜찮아."

"뭘 그만해. 갑질이야, 저런 게 갑질이라고."

안나가 전남편의 뒷모습에 대고 욕을 했다. 그때 담당 경찰이 다시 나를 불렀다. 얼른 대답하고 가는데, 흩어져 있던 사건 파일의 내용들이 자꾸 떠올랐다. 찰나였지만 간결하게 정리된 사건 파일이라 사건 개요가 금방 눈에 들어왔다. 사건 현장 사진은 더욱 그랬다.

사건 현장은 고급빌라 개인 사우나실이었다. 사망자는 여성인데 손끝에 뭉개진 네일아트가 유독 눈에 띄었다. 담당 경찰에게 걸어가는 동안 손에 든 타로 카드를 봤다. 안나가 건네준 타로 카드 뭉치의 첫 장은 공교롭게도 심판 카드였다.

마담 타로

천사가 하늘에서 나팔을 불고 있고, 나체의 남녀와 어린이들이 두 손 들어 천사의 소리를 듣고 있는 그림이다. 사람들은 한 명씩 네모난 관 속에 서 있다. 주변에 물이 있어 그 관은 마치 개인 욕조처럼 보이기도 했다.

자리에 앉자마자 담당 경찰은 내 신원을 확인하고 몇 가지 질문을 했다. 입으로는 대답하면서도 머릿속은 사건 파일 때문에 복잡했다. 개인 사우나실에서 눈을 뜬 채 죽은 여자와 심판 카드가 머릿속에서 떠나지 않았다.

죽은 여자는 감지도 못한 눈으로 뭔가 말하는 것 같다. 입가가 약간 벌어져 있어 더 그렇게 느꼈을 수도 있다. 나는 더 이상 참을 수가 없었다.

"저 아까 저랑 부딪혔던 형사님이요."

밤샘 조서 작업에 지친 경찰은 대답 없이 나를 쳐다봤다. 일반인이 뭘 알겠냐는 표정이란 걸 단박에 알 수 있었다. 그래도 이 말을 꼭 해야 했다.

"그 사건 사망자 부검을 해 봐야 할 것 같은데요?"

"뭐라구요?"

그는 기가 찼는지 피식 웃었다.

"사우나에서 사망한 채 발견된 그 여자, 부검해야 합니다."

"그건 경찰이 알아서 합니다. 직업이 타로 상담사라고

요? 이거 사업자 있습니까?"

"부검 꼭 해야 해요. 오늘 발인이잖아요."

"알겠구요, 사업자 있습니까?"

"영세 사업자라 그런 거 없습니다. 진짜 부검해야 한다니까요."

"아무 사건이나 부검하는 줄 알아요! 지금 그것이 알고 싶다 찍는 줄 아나."

참다못한 나는 결국 그 단어는 내뱉었다.

"타살."

경찰이 움찔했다.

"이 사건 사고사 아닙니다. 타살입니다."

"타살이 뭔지나 알고 말하는 겁니까? 그 말을 책임질 수 있습니까?"

"네. 그러니까 담당 형사님께 부검하라고 전해 주세요. 꼭이요."

그는 혀를 차며 나를 보더니 어쩔 수 없다는 듯 유한에게 전화를 걸었다. 통화 내용이 길어질수록 그의 표정은 어두워졌다. 그리고 전화를 끊었다.

"됐죠? 사고사 확실하다고, 네 사건이나 신경 쓰랍니다. 뭘 알지도 못하면서 참견하느냐고 욕만 먹었습니다."

후-우-. 나는 올라오는 화를 참기 위해 숨을 내쉬었다.

"여자들은요, 손톱에 매니큐어를 칠하고 바로 목욕을 하지 않습니다."

"예?"

"사건 사진 속 여자 손톱 보셨나요?"

그는 고개를 내저었다. 담당 사건이 아니니 알 리가 없다. 그 사진을 본 적도 없을 테니까. 하지만 급한 마음에 그를 다그쳤다.

"그 손톱! 뭉개진 손톱을 보고도 목욕 중 심장마비라고 할 거냐구요!"

나도 모르게 소리쳤다. 주변 경찰들이 모두 우리를 쳐다봤다. 그는 머리를 엉클며 하소연했다.

"제 담당이 아니라니까요, 진짜."

그는 기다려 보라며 다시 전화를 했다.

"여기 좀 와 보셔야겠습니다."

잠시 후 유한 형사가 씩씩거리며 내려왔다.

"야 이 새끼야. 네가 사건 담당도 아닌데 와라 마라야?"

"그게 아니구요. 저도 미치겠습니다. 여기 계신 분 이…."

담당자는 나를 손가락으로 가리키며 원망의 눈빛을 보냈다. 유한은 나와 담당 경찰을 한심하게 봤다.

"조사받는 시민은 제보하면 안 되나요?"

나는 당돌하게 말했다.

"예. 이 새벽에 형사랑 한가하게 탐정 놀이 하시면 안 됩니다."

그도 빈정거렸다.

"그럼 왜 내려오셨나요?"

"악성 민원인이 업무를 방해하고 있어서 경고하러 온 겁니다."

"경고는 그쪽에게 해야겠네요. 새벽 6시가 넘으면 언제든 발인이 앞당겨질 수 있고, 화장하면 부검도 못 합니다."

"너 진짜!"

"그러니까 부검부터 하라고!"

"야!"

"뭐!"

결국 우리 둘의 불같은 성질이 또 부딪히고 말았다.

황제

THE EMPEROR

나와 유한은 조사실에 마주 앉았다. 이혼하고 처음이었다. 이번 생에는 다시 보지 말자고, 그럴 일은 절대 없을 거라고 서로 호언장담하고 헤어졌는데 결국 만나고 말았다.

"익사라고?"

유한은 팔짱을 끼고 비웃었다.

"범죄 흔적도 없고, 유족은 부검을 원치 않아."

"당연하지. 유족 중에 범인이 있으니까."

"너 진짜!"

"아까 사진 봤는데. 여자 손톱 봤어?"

"손톱이 뭐?"

그럴 줄 알았다.

"가서 다시 보면 알겠지만 매니큐어가 뭉쳐 있어. 다 마르기도 전에 충격을 받았다는 말이야. 손끝에 달린 스톤들도 일부는 떨어졌고."

"그럴 수 있지. 그게 뭐?"

"아니. 여자들은 네일아트가 다 마르기 전에 목욕하지 않아."

"네일샵에서 집에 오는 시간이면 다 마르지 않나?"

"외부에서 받았다면 그렇겠지. 하지만 이 여자는 집에서 받은 거 같아. 요즘은 출장 네일아트도 많으니까. 나한테 시비 걸지 말고 당장 가서 손톱이나 확인하라고."

"그랬다 치자. 그게 왜 타살이라는 거지?"

"건식 익사. 일명 마른 익사라고 하는데, 이게 만 4세 미만 어린이들에게 잘 나타나. 수영장에서 물을 많이 먹게 되면 폐로 들어간 물이 염증을 일으켜 최대 48시간 이내에도 죽을 수 있어."

"증상은?"

"뭐 수영장이나 목욕탕을 다녀와서 기침을 많이 한다? 호흡이 힘들다? 이러면 의심해 봐야지."

마담 타로

"성인의 경우도?"

"드물지만 가능해. 물론 마른 익사는 사람을 죽인 다음에 물에 빠트려도 나타날 수 있어. 일반 익사랑 마른 익사랑 완벽하게 구별하긴 힘들어."

"익사라고 치자. 죽인 다음 그냥 물에 빠트려서 수장시키면 되지 뭣 하러 집에 데려왔을까?"

"살해 현장은 사우나실이야."

"누가 죽였는데?"

"그걸 알면 내가 경찰이지. 그건 당신 일이잖아?"

"현장에는 물컵조차 없었어."

"증발된 거지. 건식 사우나잖아. 러시아나 북유럽이 사용하는 건식 사우나는 우리나라 습식 사우나랑 달라. 분명 범죄에 사용된 물까지 날려 버렸을 거야. 그게 물이든 독약이든. 그러니까 부검하라는 거야."

"아주 자신 있다?"

"현장이 말해 주니까."

"바닥에 떨어진 서류를 줍는 순간에 타살을 의심했다고? 다시 경찰 복귀하고 싶은 거야, 소설을 쓰고 싶은 거야?"

그의 말끝에는 조롱이 덕지덕지 붙어 있었다. 그래, 전 부인이랑 무슨 말을 하고 싶겠니. 위자료에 벌벌 떨면서 아파트는 절대 줄 수 없다고 치졸하게 굴더니. 어차피 위자료나 아파트 지분 분할 등을 요구할 생각은 없었다. 재산 분할 소송을 포기하는 대신 최대한 빨리 이혼을 합의하고 싶었을 뿐이다.

"우리 경찰이 틀리고, 제보자님의 말씀이 맞는다고 칩시다. 그 사실은 어떻게 알아낸 거지? 사망자랑 아는 사이인가?"

나는 그 질문의 답을 생각하며 주머니 속에 든 타로 카드를 만지작거렸다. 심판 카드를 보고 사우나실을 떠올렸다고 하면 십중팔구 비웃음을 살 것이다.

"거 봐. 말 못 하지? 네가 늘 그렇지. 이번에도 나한테는 말 안 하지?"

그의 말에는 뼈가 있었다. 이혼 전날도 그는 저 말을 했다.

죽어도 나한테는 말 못 하지?
우리가 왜 이혼하는지.

그때가 떠올랐지만 유쾌하지 않은 시절이라 서둘러 생각을 떨쳐 버렸다.

"비웃을지 모르겠지만 타로 카드를 보고 떠올렸어."

"여전히 소설은 잘 쓰는구나. 차라리 소설가로 데뷔하지 그래?"

"난 전남편이 아니라, 대한민국 형사랑 이야기하고 싶은데? 언제까지 아마추어처럼 감정만 내세울 거야?"

"아!"

유한의 목소리가 높아졌다.

"타로 카드로 사건을 푼다는데, 그걸 믿으라고? 그랬다 치자. 유족에게 찾아가 타로 카드를 보니 부검을 하랍니다. 그렇게 말하라고? 그딴 미신으로 범인을 잡는다는 게 말이 안 되잖아. 제정신이야?"

"지극히 정상이야."

나는 그를 똑바로 쳐다보고 단호하게 말했다.

"과학 수사도 아닌 미신으로 범인을 잡았다고 국민들 앞에서 당당하게 말할 수 있나? 대한민국 경찰이 그럴 수 있어?"

"잡을 수만 있다면 상관없지."

"이보세요, 조서란 씨. 그런 수사는 할 수도 없고, 해서도 안 됩니다."

"범인 잡을 땐 수단과 방법을 가리지 말아야죠, 형사님."

"수사에는 적법한 절차가 있습니다."

그는 올라오는 화를 꾹꾹 누르고 있었다. 몇 년을 같이 지냈는데 그걸 모를까. 그래서 무시했다. 저 성질머리 때문에 승진도 한 번 밀렸었지. 역시 사람은 쉽게 변하지 않는다.

"민원인?"

"말씀하시죠?"

"지금이 어느 시댄데 미신으로 범인을 잡습니까? 과학적으로 사고합시다, 우리."

"과학적이라는, 그 과학적 근거가 뭐죠?"

"말장난하지 말고!"

"범인 잡는데 무슨 논리가 필요해? 당신이 피해자 가족의 기분을 알아?"

"내가 왜 몰라, 나도!"

그가 차마 내뱉지 못한 그 말을 나는 알고 있다. 그래, 우리는 한때 가족이었다. 서희는 내게 여동생이지만, 그에게는 처제였다. 그러나 그것은 법의 테두리였을 뿐. 법의 울타리를 벗어나면 바로 남인 관계가 진정한 가족이었을까.

"형사님. 타로 카드를 맹신하면 왜 안 되나요? 난 미신이라도 상관없어. 범인만 잡을 수 있으면 뭐든 상관없다고. 미신이든 과학이든 지금 그걸 따질 때가 아니잖아?"

나 역시 한마디도 지지 않았다. 질 수 없었다. 서희가 사라진 날부터 절대로 경찰을 믿지 않으니까.

"설마 대한민국 경찰이 시민을 안전하게 지키고 있다고

생각하는 건 아니지? 그것도 미신 아니야? 근거 없는 믿음
이니까 미신이잖아?"

그의 눈동자가 커졌다. 말문이 막혔겠지. 경찰의 사명
감을 미신으로 치부했으니.

"사명감이다, 명예다, 우리는 믿고 있지만 그 믿음만으
로 범죄가 사라졌니? 하루라도 사건 없는 날이 있어?"

"그거랑 이거랑 같아? 무슨 말도 안 되는 소리를 말처럼
하고 있어!"

그가 벌떡 일어났다.

"야, 집어치워. 잠깐이라도 네 말을 들으려고 했던 내가
미친놈이다, 미친놈."

그가 화를 주체 못 하고 얼굴이 붉으락푸르락하는 것이
보였다. 하지만 나는 흥분하지 않았다. 목소리를 높이지
도 않았다.

"서희가…, 죽었어."

글자만으로 따지자면 사실이다.

"뭐?"

그가 풀썩 주저앉았다. 결혼 전부터 그는 서희에게 좋
은 오빠였고, 나중에는 믿음직한 형부였으니까.

"언제? 언제 그렇게 된 거야! 사고야? 어디가 아팠어?"

내게 날을 세우던 이 사람의 목소리가 흔들렸다.

"정확하게 진짜 서희는 아니고, 서희 주민등록으로 살고 있던 여자야. 서희 주민등록번호로 지문을 등록하고 주민등록증을 발급받았어. 서희에게 가족이 없었다면 확인할 길이 없었을 거야. 지금 서희 대신 죽은 여자의 사정이 그래. 확인할 방법이 없어. 서희를 찾기 전까지. 그래서 장례도 못 치르고 영안실에 있고."

"그 여자 주민등록번호로 조회하면 되잖아?"

"이미 해 봤지. 어찌나 신분 세탁을 잘했는지 도저히 찾을 수가 없어. 어쩌면 한국 국적이 아닐지도 모르지만."

잠시 침묵이 흘렀다. 그러지 말았어야 했는데, 나는 결국 그 말을 꺼내고 말았다.

"그날, 당신이 서희 전화만 받았어도 이런 일은 없었어."

알면서도 그의 상처를 건드렸다.

가출한 서희는 엄마의 장례식이 끝난 후 남편에게 전화를 걸어왔다. 왜 내가 아니고 그였을까? 하필 그는 그 전화를 놓쳤다. 나는 당장 통신사에 조회를 하자고 했지만, 그는 범죄 정황도 없고 개인정보보호법에 의해 그럴 수없다고 했다. 선배들에게도 부탁해 봤지만 소용없었다. 아버지가 살인으로 감옥에 수감될 상황이니 모두 나를 조심스러워했다. 날이 지날수록 조바심으로 타들어 갔지만,

이 남자는 내 속도 모르고 태평한 소리나 했다.

"기다려 보자, 다시 전화할 거야."

하지만 그 뒤로 전화는 오지 않았다. 하루 이틀이 지날수록 그와 경찰에 대한 원망이 커졌다. 언니가 경찰인데 마음대로 수사할 수 없다니. 경찰을 할 이유가 없어졌다. 가족도 못 지킨 경찰이 국민을 지키는 건 말도 안 됐다. 그리고 남편에 대한 신뢰가 무너졌다. 결국 남이었구나. 뼈저리게 느꼈다. 네 동생이라도 그랬겠냐며 악을 썼지만 소용없었다. 결국 우리는 그 전화 한 통 때문에 이혼했다.

"내가 피해자 가족이 돼 보니까 알겠더라. 그 절차가 가족들에게는 얼마나 높은 벽인지. 얼마나 완고한지도. 그래도 경찰을 믿고 기다렸는데 엉뚱한 놈을 범인으로 지목하거나, 사건으로 처리 안 해주면 그 기분이 어떨까?"

나는 그의 눈동자를 똑바로 쳐다봤다. 그 역시 지지 않고 나를 똑바로 쳐다봤다. 둘 다 성질이 똑같은 건 지금도 매한가지다. 침묵을 깬 건 그의 휴대폰 벨소리였다.

"어, 지금 조사실."

전화를 받는 그의 표정은 점점 어두워졌다. 내가 들을까봐 고개를 옆으로 돌리기도 했다. 나도 엿듣고 싶지는 않아 책상에 올려놓은 타로 카드를 이리저리 섞으며 딴청을 했다. 그때 카드 한 장이 따로 떨어져 나왔다.

황제 카드였다.

흰 수염이 난 황제는 딱딱한 석좌에 앉아있다. 붉은 망토를 걸치고, 갑옷까지 단단히 입었지만 누군가의 눈치를 보고 있다. 석좌 뒤로 보이는 황무지를 비옥한 땅으로 만들려는 것인지, 비옥한 땅을 황무지로 만들어 버렸는지는 아무도 모른다.

황제, 아니 전남편은 전화를 끊고 괜히 딴청을 했다. 서류를 뒤적이며 허둥대기도 했다.

"흠. 흠."

턱을 내려뜨리더니 눈을 마주치지 않고 입을 열었다.

"너… 진짜 타로 카드로 알았냐?"

"무슨 말이야?"

"이 사건, 타살인 거."

그가 이제야 나를 보며 말했다.

"방금 용의자가 자수했대."

"남편?"

"알았어? 남편이 용의자인지?"

"배우자가 죽으면 남은 배우자가 용의자로 지목되는 건 수사 기본 상식이잖아."

"상식이 통했다?"

그는 서류를 정리해서 일어설 채비를 했다. 그런데 나는 궁금했다.

"몇 시간 후면 발인이고, 그것만 잘 넘기면 완전범죄가 됐을 텐데. 왜 그랬을까?"

"범인이 제 발로 찾아왔으면 됐지. 이제는 그게 불만인가?"

유한의 말이 귀에 들어오지 않았다. 정말 궁금했다.

"왜 자수를 했을까?"

유한은 인심을 쓰듯 사실을 말해 줬다.

"죽은 아내가 자기를 죽이려고 한다나. 귀신 어쩌고 횡설수설하는데. 경찰서에 끌고 온 차를 보니까 타이어가 다 터졌대. 오자마자 당장 감옥에 넣어 달래. 미친놈처럼 빌면서 죽을죄를 졌으니까 제발 넣어 달라고. 이 사건은 마가 꼈나. 귀신이 안 나오나. 타로 카드가 안 나오나."

비현실적인 방법으로 사건이 해결되자 자신도 겸연쩍은 눈치였다. 계속 나를 힐끔거리며 봤다.

"네 타로 카드는 그냥 우연이라고?"

나는 고개를 끄덕였다.

"응. 그러니까 내 말은 신경 쓰지 마."

"그래? 우연이란 말이지, 우연."

그가 먼저 일어섰다.

"조심히 들어가라. 그리고…."

머뭇거리더니 내게 충고를 했다.

"아무리 먹고살기 힘들어도 룸살롱 주방은 좀 너무하지 않냐?"

하, 기가 찼다.

"넌 전직 경찰에, 남편은."

"전남편이라고 해 줄래?"

"전남편은 현직에 있는데, 식품 위생법이나 걸려들어오고. 사는 게 그렇게 힘들면 연락을 한번 하지. 그리고 아버님께 영치금도 좀 넣어 드리고 해라. 가끔 내가 드리기는 하지만."

뭐 하나 귀담아들을 말이 없다. 그래, 당신하고 싶은 말다 했으면 빨리 가라.

"그리고."

아직 안 갔니?

"나 전화 번호 안 바꿨다. 혹시 모를까 봐 말해 주는 거야. 정 힘들 때, 연락하라고."

생각지도 못한 그의 배려에 나는 미소로 답했다. 이런 상황에서 웃는 자가 승자가 아니던가? 제길.

"조사 성실히 받고 가라. 경찰서에선 또 보진 말고."

웃는 낯으로 저 사람에게 침 뱉으면 안 되겠지? 침 뱉으면 벌금이 얼마더라. 마지막을 콩트로 마무리 해주는 저 사람과 이혼하길 백번 잘했다는 생각이 들었다. 경찰서만 아니라면 화끈하게 발차기로 얼굴을 날려주고 싶었다.

5

교황
THE HIEROPHANT

요 며칠 동안은 타로 상담을 하지 않았다. 경찰서에 연행됐던 사건 때문에 잠시 몸을 사리기로 했다. 〈타임〉 사건은 사업주가 벌금을 내는 선에서 마무리됐다. 내가 직접적인 피해를 입은 것은 없지만, 서희를 찾아야 할 이 중요한 시점에 유흥주점 관련자로 분류돼 경찰에 연행되는 일이 잦아지면 안 된다.

게다가 근처 주택가에서 살인 사건이 일어났다. 룸살롱을 은퇴한 마담이 살해된 사건이라 소문이 무성했다. 죽은 여자는 양 마담인데 조선족이라는 말도 있고, 중국 현지처였다는 말도 있었다. 어느 것이 사실인지는 아무것도 모른다.

당연히 화류계 분위기는 흉흉했다. 이럴 때 아가씨들을 직접 만나는 건 위험하다. 혹시 상담한 아가씨 중에 용의자라도 있으면 경찰에 협조하는 데 꽤 많은 시간을 소비해야 할 것이다.

세탁소에서 찾아온 검정 슈트들을 정리하고 있는데 출입문이 열렸다. 돌아보니 꽤나 매력적인 외모에 명품으로 치장한 젊은 여자가 당당히 들어오고 있었다. 나이는 아가씨급인데, 걸치고 있는 명품의 레벨을 보니 상당한 재력을 갖추고 있는 마담급 같았다. 그녀는 들어가도 되겠냐고 내게 허락을 구하지도 않았다. 그냥 자기 영역으로 유유히 걸어 들어오는 맹수 같았다.

"마담 타로를 만나러 왔는데요?"

목소리는 매력적이고, 말투에는 기품이 있었다. 마치 연극배우가 무대 위에서 연기하는 것 같기도 했다. 강남에는 마담들이 교양, 서비스, 매너, 패션, 경영 등을 일대일로 수업 받는 마담 학교가 있다고 들었다. 마담하면 떠올릴 수 있는 경박하고 천박한 이미지는 더 이상 강남에서 찾아볼 수 없다. 성공한 젊은 CEO의 세련되고 당찬 모습이 바로 이곳 마담들의 모습일 것이다.

"제가 마담 타로인데, 어떻게 오셨습니까?"

그녀는 대답 대신 소파에 깊숙이 기대어 앉았다. 분명 무례한 행동인데 무례하게 느껴지진 않았다. 가당치도 않은 기품이 느껴졌다.

"제가 궁금한 게 있어서요."

그녀는 나를 똑바로 쳐다보고 말했다. 참 당돌한 눈빛이었다. 받는 것이 익숙한 사람의 태도였다.

"죄송하지만 제가 지금은 상담을 안 합니다. 예약을 재개하면 연락드리겠습니다. 연락처 남겨 주시겠습니까?"

나 역시도 정중하지만 단호하게 거절했다. 타로 상담을 하려면 반드시 필요한 기술이다. 거절하지 못하면 정해진 상담 시간이 무색할 정도로 무한정 길어진다.

"알죠. 예약 손님만 받으시는 거. 워낙 유명한 분이시니까 당연하죠. 저도 예약된 손님만 받아요, 믿을 수 있는."

"그런데 누구한테 소개받고 오셨어요?"

혹시라도 서희랑 연관된 사람일 수 있으니 무작정 돌려보낼 수가 없었다.

"마담 타로께서 카밀라를 찾으신다구요?"

"네. 혹시 카밀라를 아시나요?"

"그럼요, 아주 잘 알죠."

"혹시 연락처를 아시면."

내 말이 끝나기도 전에 그녀가 대답했다.

"여기 있잖아요, 카밀라."

그녀는 연극 무대의 주인공처럼 과장되게 웃었다. 그러면서도 시선은 관객인 나를 향했다. 묘한 여자였다. 서늘한 느낌도 들었다. 확실히 보통내기는 아니었다.

"혹시 서희, 아니 최아영을 아시나요?"

"알죠, 둘 다 아주 잘 알아요. 조서희와 최아영. 그쪽이 생각하시는 것보다 더 많이."

그 한마디에 가벼운 현기증이 일었다. 카밀라를 만나면 하려고 했던 수많은 질문들이 깃털이 돼 허공으로 날아갔다. 준비되지 않은 만남은 나를 혼란에 빠트렸다.

"앉아요, 거기."

오히려 카밀라가 주인인 양 굴었다. 나는 겨우 소파에 앉아 카밀라와 마주했다. 서둘러 우선 휴대폰에 있는 서희의 사진을 보여줬다. 집 나갈 무렵인 앳된 서희의 사진과 최아영이 준 성형 수술 후 사진이었다.

"맞습니다. 이쪽이 조서희. 이쪽은 최아영. 제가 아는 그 아가씨들이네요. 결국 둘 다 아가씨 일을 시작했죠? 꽤나 빚이 있었는데…. 사채는 아니고 연예인 준비하던 소속사에 계약금이 있더라구요. 결국 연예계나 화류계나 똑같아. 계약으로 발목 잡고, 투자비용은 빚이 되고. 돈 때문에 시작했겠죠, 이쪽 일은. 데뷔하려고 고생은 고생대로 하고, 빚은 빚대로 쌓이고. 연예계는 톱스타 아니면 의미 있나? 결국 몸값 올려가며 사는 인생은 연예인이나 아가씨나 똑같은데. 난 걔들이랑 우리랑 똑같다고 봐. 안 그래요, 마담?"

마담?

별명이 '마담 타로'지만 지금까지 직접 마담이라고 부르는 사람이 없었다. 언니, 선생님, 마스터로 불렸다. 뜻밖의 호칭에 당혹감이 얼굴을 스쳤나보다. 눈썰미 좋은 그녀는 그걸 놓치지 않고 눈치 챈 것 같다.

"미안, 버릇이라. 미안해요."

반말과 존댓말을 교묘하게 섞는 화법이었다. 이런 화법은 상대방과 금방 거리감을 좁히는 좋은 수단이 되기도 한다.

"괜찮아요. 그럼 지금도 서희랑 연…."

"그 전에 내가 먼저 부탁할게요. 타로 카드 봐 줄 수 있어요?"

팔짱을 끼고 완고하게 버티던 카밀라가 팔을 풀고 테이블로 다가왔다. 이 협상에 응해야 다음 거래가 이뤄질 것이다.

"네, 그러죠. 잠시만요."

나는 늘 하던 대로 주변 분위기를 정화시키기 위한 의식을 시작했다. 테이블에 블랙 벨벳 스프레드용 천을 깔고 그 옆에는 수정구를 놓았다. 그리고 나무 상자에 보관해둔 타로 카드를 꺼냈다. 타로 카드에는 은은한 나무 향이 배어 있었다.

"타로 카드 보신 적이 있나요?"

"처음입니다. 가끔 용한 무당을 찾아가긴 하죠."

"타로 카드는 질문이 중요합니다. 마음속으로 질문을 만드세요. 어떤 질문들은 답을 만드는 과정에서 해결되기도 해요. 그래서 그냥 돌아가시는 손님들도 있죠. 자, 뭐가 궁금하세요?"

"빅토리 룸살롱 마담은 누가 죽였나요?"

생각지도 못한 질문에 나는 잠시 놀랐다.

"그 사건 말씀하시는 거죠? 은퇴한 마담이 죽은."

"소문 빠르죠, 이 동네는."

"경찰에서 조사 중일 텐데…."

"맞아요, 강도 살인이라는데. 웃기죠? 경찰은 그 언니 집을 보고도 강도 살인이라는 말이 나오는지."

카밀라는 표독한 표정으로 불만을 쏟아냈다.

"그 언니 집은 미니멀 라이프 교과서야. 이건 마담 방인지, 스님 방인지 모를 정도라니까. 주얼리도 다 처분하고, 명품 백, 구두도 아가씨들에게 나눔하고. 텔레비전도 없어, 금도 없어. 근데 강도 살인이 말이 되나요?"

나는 사건 내막을 전혀 모르기 때문에 애매한 미소를 지었다.

"제가 경찰은 아니라 뭐라 답할 수는 없습니다."

"그러니까 찾아왔죠. 내가 아가씨 때부터 언니, 언니하고 따르던 사이예요. 덕분에 힘든 고비도 많이 넘겼는데. 언니 소식 듣고 너무 놀랐어요. 언니 죽음이 너무 억울해서 무당도 만나고, 사주도 봤는데."

"뭐래요, 그쪽에선?"

"그것까진 알 건 없고."

딱 잘라 말하니 무안했다.

"미안. 내가 낮에는 말투가 거칠어요. 예민해서 그래. 아무튼 타로 카드로는 범인을 알 수 없나요?"

범인이라.

"네, 타로 카드로 범인을 지목할 수 없죠. 아시다시피."

카밀라의 표정에 아쉬움이 스쳤다.

"그렇죠. 저도 이 질문이 바보 같은 건 알아요. 하지만 범인, 꼭 잡아야 합니다."

"경찰이 수사하고 있을 겁니다."

"그래도 못 잡으면요? 누가 죽였는지 영원히 밝혀지지 않으면?"

미제 사건이 되겠지.

거절하는 내 마음도 무겁긴 마찬가지였다. 타로 카드가 범인을 알고 있다면 얼마나 좋겠는가.

"타로 카드는 거울이라면서요? 안나가 그러더라구요. 타로 카드를 보면 속마음을 들킨다고."

"그렇죠."

"범인을 잡을 순 없지만 사고 당시 어떤 일이 일어났는지 엿볼 수 없을까요? 타로 카드는 알고 있을지 모르잖아."

"좋습니다. 타로 카드는 미래를 보는 카드지만 해 보죠. 그 과거가 사건 해결에 도움이 될지 안 될지는 저도 모릅니다."

"상관없습니다."

나는 타로 카드를 섞으며 말을 이었다.

"마음속으로 궁금한 질문을 하세요. 마담은 누가 죽였을까? 그 질문에 집중하시고."

그리고 카드를 벨벳 천 위에 반원 형태로 펼쳤다.

"이제 자주 쓰지 않는 손, 왼손이면 왼손으로 한 장을 뽑습니다."

카밀라는 쉽게 뽑지 못했다.

"괜찮아요. 마음 끌리는 대로. 손길 가는 대로 뽑아요."

그녀는 왼쪽 끝에서 타로 카드 한 장을 뽑았다.

"저한테 주시면 됩니다."

나는 그 카드를 받았다.

"누가 범인인지 알아볼까요?"

카드를 뒤집었다.

바보 카드가 나왔다. 왜 하필 이 카드가 나왔을까?

"바보?"

카밀라도 의아해했다.

"범인이 바보라는 말인가요?"

"그렇죠. 범인이 바보이거나, 이런 질문을 한 우리가 바

마담 타로

보거나. 하지만 이렇게 해석하는 건 일차원적인 해석이
고. 이 바보 카드는 시작을 의미하기도 합니다. 사건의 새
로운 출발. 아니면 무모한 도전이거나."

"역시 바보 같은 질문이었네요."

"세상에 바보 같은 질문은 없습니다. 답이 없는 질문도
없고."

"하지만 무모하다는 거잖아요?"

"무모하다는 게 무의미하다는 걸 뜻하지는 않습니다. 사
건에 의문을 품은 사람이 있으니 반드시 해결될 겁니다."

"낙관주의자시구나."

"비관하기에는 이미 제 상태가 안 좋거든요. 더 궁금한
질문 있으신가요?"

"없습니다. 상담료는 얼마인가요?"

"괜찮습니다."

"그래도."

"대신… 서희에 관한 걸 알…."

"그건 이 사건이 해결되면 그때요, 그때 말씀드리죠."

"그럼 연락처라도."

카밀라는 명함을 테이블에 올려놓고 일어섰다.

"제가 새로운 살롱을 개업한 지 얼마 안 돼서 좀 바빠요.
그래도 이 사건에 대해 떠오르는 게 있다면 언제든지 연

락 주세요. 룸 하나는 기꺼이 내드리겠습니다."

명함을 집어 들고 인사를 하려는데, 그녀는 벌써 문을 열고 나가 버렸다. 분명 유쾌한 사람은 아니다. 예의 차리는 것 같지만 불쾌한 사람. 하지만 서희에 대해 알고 있다고 하니 별수 없다. 이 관계의 주도권은 저 여자가 쥐고 있는 것이 분명했다.

카밀라가 돌아가자마자 나는 그 자리에서 휴대폰으로 양 마담 살인 사건을 검색했다. 포털 사이트의 뉴스란에는 짤막한 사건 보도밖에 없었다. 하지만 몇 번의 검색어를 거치자 각종 소문을 실어 나르는 온라인 커뮤니티에 도달했다. 특히 클럽, 룸살롱 커뮤니티에는 더 원색적인 글들이 있었다.

양 마담이 조폭 자금을 잘못 운영해서 죽었다, 스폰서가 유명한 성형외과 원장인데 그가 놔준 주사 때문이다, 재벌가의 내연녀로 임신 중이었다, 룸살롱 인맥으로 얻어낸 기업 비밀을 다른 곳에 넘기다 죽었다 등등. 소설이 난무했다. 누가 어떤 의도로 썼는지 알 수 없는 글들이라 도움은 안 됐다.

'이럴 때 사건 파일을 볼 수 있다면 좋을 텐데….'

사건 현장을 보고 싶은 것도 직업병이다. 더 이상 경찰도 아니니 볼 수가 없는데 너무 궁금했다. 그리고 이 사건을 풀어야 카밀라에게 더 많은 정보를 얻을 수 있다. 반드시 풀어야 한다. 결국 그의 도움을 받아야 하나?

　저녁 7시가 되자 그가 도착했다.
　"선배!"
　성훈은 마치 대학생이 동아리방에 놀러 온 듯한 편한 모습이었다. 경찰서에서 만났을 때는 경황이 없어 내색은 못 했지만, 다시 만나니 반가웠다. 만나지 않았던 몇 년간의 세월이 무색했다. 워낙 친화력이 좋은 놈이라 특별히 아꼈던 후배였다.
　"늦어서 미안. 오래 기다렸어?"
　"아니. 나도 갑자기 손님이 왔다가서 바빴어."
　그는 커피와 빵 봉지를 내밀었다.
　"그냥 오지, 뭘."
　"선배, 이거 좋아하잖아. 우리 학교 앞, 그 슈크림 빵가게."
　"일부러 거기까지 갔었어?"
　"당연하지. 우리가 얼마 만에 만난 건데."
　성훈이는 소파에 앉으며 너스레를 떨었다. 작은 것까지 기억하고 배려해 주는 게 녀석의 장점이다.
　"그날 갑자기 출동 나가서 형한테 말도 못 했는데. 근데 만났다면서? 역시 둘은 운명이다."

"네가 상상하는 그런 거 아니다."

"이 기회에 둘이 다시 잘해 봐. 연애할 때 둘이 혈서도 썼잖아. 절대 안 헤어진다고."

"술김에 뭘 못 해. 그만 놀려라?"

나는 접시에 슈크림 빵을 꺼내 놓으며 핀잔을 주었다.

"먹기나 해."

"놀릴 거 더 남았는데. 둘이 조사실에서 엄청 싸웠다며?"

"누가 그래?"

"형이."

"대체 무슨 정신으로 그러는 거야. 싸운 얘길 왜 해?"

"형이 말 안 해도 서에 소문 쫙 났어. 완전 사랑과 전쟁이었다고. 다들 조서 쓰다가 구경했다지?"

"나 참. 사생활 보호가 전혀 안 되네."

괜히 애꿎은 커피만 쭉 들이켰다. 성훈은 빵을 한입 베어 물고나서 물었다.

"양 마담 사건은 왜?"

"필요해서."

"아는 사람이이야?"

"아니."

"그럼 신경 꺼."

"필요해서 그래. 너한테 크게 곤란할 같지도 않아서 부탁한 거야. 걱정 마."

"그런 걱정했으면 처음부터 가져오지도 않았습니다."

"고마워, 아직 용의자 특정 전이지?"

"예, 그렇습니다."

성훈은 가방에서 태블릿PC를 꺼냈다. 그가 기기 잠금을 해제하는 동안 슈크림빵을 먹었다. 은은한 단맛이 입 속에 퍼졌다. 생각해보니 오늘 첫 끼였다.

"이게 그 사건 파일이야."

성훈은 아예 자릴 옮겨와 내 옆에 앉았다. 둘은 머리를 맞대고 현장 사진을 살펴봤다.

"사건 특이 사항 있니?"

"별로. 언론에 보도된 게 다야. 아직 용의자 특정도 못했고. 7월 30일 빅토리 룸살롱 양 마담, 본명 강하리 씨가 강도 습격으로 사망."

"양 씨가 아니야?"

"유감스럽게도."

"다들 이름이 제멋대로네. 강도 습격은 확실해?"

"내부에선 그렇게 보고 있어. 다른 정황은 없거든."

사건 장소는 이곳에서 가까운 라인빌라 3층이다.

"현관문이 개방된 상태였고, 집 안은 뒤진 흔적이 있었어. 최초 신고자는 배우자 장영배. 살해된 양 마담은 사건 당일 아침 8시경에 귀가했어. 마담 일은 그만뒀지만 일을 도와 달라는 마담이나 아가씨가 있으면 종종 도와주곤 했대. 남편은 오후 1시에 약속이 있어 나갔다가 저녁 8시 경에 귀가했고."

사건 개요를 읽으면서 성훈이의 설명에도 집중했다.

"남편이 집에 들어와 보니 아내가 죽은 채 얼굴에 청테이프가 감겨져 있었다는 거지? 돌침대 위에."

"응."

"119에는 남편이 신고했겠네?"

"119는 아니고, 112로 바로 신고했어. 강도 살인이니까."

"보통 배우자가 제1 용의자가 되잖아, 이런 살인 사건의 경우."

"배우자가 의심받지. 그런데 남편 알리바이가 확실해. 친구를 만나러 나갔고, 실제로 만났어. 음식점 CCTV나, 카드 사용, 휴대폰 위치 추적 등으로 확인했지."

"사망 시 남편은 확실히 없었다? 하지만 외출 전, 1시 이전에 아내를 죽이고 나갔을 가능성은 없을까?"

"양 마담이 10시경, 최근 룸살롱을 개업한 카밀라라는 마담하고 통화를 했어. 카밀라 말로는 통화 당시 남편이 새벽에 들어와서 지금까지 잔다고 푸념했다고 진술했어."

카밀라는 나를 찾아오기 전에 이미 경찰을 만났다. 그 사실을 숨기고 나를 만났다는 사실이 불쾌했다. 내 실력을 시험해 보려고 했을까?

"부부 사이는 어땠는데? 온라인 커뮤니티 보니까 좋았다, 안 좋았다, 불륜이다…. 말이 많던데?"

"평범했어."

"평범?"

"남들 하는 만큼 부부 싸움도 하고. 남자는 술, 도박도 하고. 그냥 평범해. 특이사항은 없어. 처음에 우리도 남편을 의심했지만, 외부 침입 흔적이 뚜렷해. 현관문도 열려 있었고."

"그럼 확실히 강도라는 건데."

사고 현장 사진은 내 머릿속처럼 쏟아진 물건들로 어질러져 있었다.

"근데 성훈아, 너 미니멀리즘 알지?"

"응."

"이 사람 집을 봐. 필요한 가구 외에는 훔쳐갈 게 없어. 원한에 의한 건 아닐까?"

"선배, 나도 그게 좀 이상한데 위에서는 그렇게 안 보나 봐. 그것보다 문제는 사망 추정 시간을 특정할 수 없다는 거야. 돌침대가 문젠데…. 당시에 고온으로 작동 중이었고, 하반신은 이불을 덮어 놓은 상태였어."

"삼복더위에 시신 수습하기 힘들었겠다."

현장에 있지 않았지만 그 불쾌한 냄새가 사진에서 스멀스멀 올라오는 것 같았다. 빵을 먹으려다가 도로 내려놓았다. 여름의 시취가 얼마나 지독한지 맡아 보지 않은 사람은 감히 추측할 수도 없다.

"나도 그게 좀 이상했거든. 아무리 봐도 이거 초짜 솜씨는 아니야. 우발적인 사고도 아니고. 이러면 시신의 직장 온도로 사망 시간 추정을 못 하잖아, 너무 뜨거워서. 알고 한 거 같아, 아무래도."

경찰로 근무할 때, 강력 사건을 많이 담당하진 않았지만 사망 추정 시간을 알아내는 정도는 기본 상식이다. 내가 아는 걸 성훈이가 모를 리도 없다.

"경찰이 나보다 더 잘 알겠지만…."

사실 말하기 조심스러웠다. 성훈이는 친한 후배기도 하지만 대한민국 경찰이다.

"혹시 미드나 영드 수사물 많이 본 사이코 아닐까? 일부러 계획한 거지. 사망 시간도 특정 못하고, 용의자도 특정 못하면…."

내 말 뜻을 이해한 그가 고개를 끄덕였다.

"미제 사건이 되니까."

"담당 형사 누구니?"

"내가 누구라고 말할 거 같아?"

"유한?"

"빙고!"

"신났네. 가서 보고할 거야? 내가 이 사건 파고 있다고?"

"난 언제나 선배 편이지."

"그럼 고맙고."

"어떤 이유로 이 사건을 파는지 지금 묻지는 않을게. 하지만 더 이상은 곤란해. 나 얼마나 힘들게 경찰 됐는지 알지?"

"그래서 더 고맙다. 그런데요, 형사님."

나는 그의 눈치를 살폈다.

"뭐야, 누나. 갑자기 진지한 말투는."

"이 파일 공유는 안 되겠지?"

"당연한 말씀. 절대 안 된다는 거 잘 아시죠?"

"잘 알지. 너무 잘 알지."

"선배, 화장실은 어디야?"

"저쪽."

"알지? 타인의 휴대기기 만져서 몰래 메시지 보고, 파일 열고 그러면, 그것도 대한민국 경찰의 태블릿을 막 만지면."

"안다 알아. 거 참 치사하게."

"그리고 온라인 상태로 자료는 절대 공유 금지. 디지털 포렌식으로 다 나온다고. 누구한테 공유했는지. 그런데 내가 화장실 간 사이에 파일을 한 장 한 장 누나 휴대폰으로 찍는다면 누가 어떻게 알겠어. 화장실 갔다 온다. 좀 걸려." 성훈은 자리를 비웠다.

녀석.

덕분에 나는 사건 파일을 온전히 입수했다.

6

연인
THE LOVERS

　이틀 동안 집 밖을 나가지 않았다. 가게 셔터를 내린 채 성훈이에게 받은 사건 파일만 읽고 또 읽었다. 매번 사건 파일 첫 장을 넘길 때마다 새로운 사건을 대하듯 신중을 기했다. 놓친 것이 있을까 봐 조바심이 났다.

　특히 현장 사진을 꼼꼼히 살폈다. 눈 감고 그릴 수 있을 정도로 살폈다. 내게 신기한 능력이 있어서 '단서가 이 사진 속에서 둥둥 떠올랐으면'하는 망상까지 해 봤다.

　하필 벽걸이 에어컨이 고장 나서 선풍기로 한여름의 열

기를 날려 버려야 했다. 그마저도 오후가 되면 미지근한 바람이 나왔다. 휴대폰으로 사진을 보다가 그대로 잠들었다. 네 시가 지나 일어났는데 온몸이 땀으로 젖었다.

에어컨 바람이 나오는 카페에 가고 싶은 생각이 간절했다. 하지만 금기 문서를 들고 있으니 남의 시선이 신경 쓰였다.

샤워를 하고 나오니 한결 정신이 들었다. 다시 사건에 집중했다.

피해자 얼굴은 청테이프로 완전히 감겨 있었다. 범인은 피해자 얼굴의 피부가 전혀 노출되지 않도록 칭칭 감았다. 또 다른 사진에는 양손이 앞으로 모아진 채 청테이프가 감겨 있었다.

사건 파일에는 범인의 족적도 기록되어 있었다. 그리고 성훈이의 설명대로 시신이 발견된 안방 문과 현관 출입문은 열려 있었다.

사진을 옆으로 돌려 보고, 위로 돌려 보고, 일어서서 봤지만 경찰이 기록한 진술과 사건 사진 사이의 다른 점이나, 놓친 단서를 발견하지 못했다.

"정말 미제 사건이 되는 건가."

마음이 무거웠다.

어제 성훈이에게 양 마담의 가족에 대해 물었었다. 남편을 제외하고는 마땅한 가족도 없다고 했다. 부모가 생존해 있지만 '술집 나간 딸년 장례 치를 돈이 없다'고 단박에 거절했다고 씁쓸해했다. 남편과도 사실혼 관계라 장례는 무연고자로 치러야 할 것이다. 장례식조차 없는 쓸쓸한 죽음이다.

남일 같지 않았다. 만약에 서희가 죽었다면 나 역시 장례조차 치러 주지 못한 것이고, 기일도 알지 못한다. 가족이지만 해 줄 수 있는 게 아무것도 없다.

더위에 숨이 막혀 왔다. 손에 든 사건 파일조차 들기 힘들 정도로 무기력해졌다. 그럴수록 양 마담을 죽인 범인을 찾고 싶은 마음이 간절해졌다. 무연고 장례식도 억울한데, 미제 사건이 된다면 얼마나 한이 되겠는가? 카밀라의 제안이 아니었더라도 범인을 잡고 싶은 직업병이 또 스멀스멀 시작되었다.

정신을 차리고 타로 카드를 집어 들었다.

"바보 같지만 해 보자."

나는 현장 사진을 보며 카드를 계속 섞었다. 질문이 떠오를 때까지 섞고, 또 섞었다.

타로 카드는 길흉을 맞추는 점사 도구가 아니다. 범인

을 말해 줄 리가 없다. 다만 놀라운 우연이 일어나 주길 간절히 바랄 뿐이다.

질문이 떠올랐다.

"이 여자는 어떻게 살해되었을까? 그 과정을 볼 수 있을까?"

질문을 떠올리며 몇 번 더 섞었다. 가장 위에 있는 카드부터 하나, 둘, 셋. 딱 세 장만 테이블에 올려놓았다. 차례로 뒤집어 보니 소드 2, 소드 6, 소드 8이었다.

타로 카드는 인생의 중요한 키워드를 압축한 메이저 카드 22장과 일상의 모습을 담은 마이너 카드 56장으로 이뤄져 있다. 이 마이너 카드가 게임용으로 발전한 것이 트

마담 타로

럼프 카드다.

마이너 카드는 막대기가 그려진 완드, 동전이 그려진 펜타클, 검이 그려진 소드, 성배가 그려진 컵으로 나뉜다. 완드, 펜타클, 소드, 컵은 차례대로 불, 땅, 바람, 물의 원소를 가리킨다. 각 상징은 왕, 여왕, 시종, 기사가 포함된 14장으로 구성되어 있다.

공교롭게도 모두 소드, 즉 바람의 원소를 뽑았다. 원소가 한쪽으로 치우쳤다면 그 원소에 문제가 생겼다는 것을 의미한다.

소드가 의미하는 것은 정신적인 성취, 이성적인 판단이다. '펜은 칼보다 강하다'고 하는데, 타로 카드에서 펜이 곧 칼, 소드인 것이다. 만약 강도 살인이었다면 금전을 상징하는 펜타클 카드가 나왔을 것이다.

'이게 무슨 말도 안 되는 추리야?'

내 이성이 반기를 들었다.

당연하다. 이런 추론이 과학적이지 않고, 경찰 수사 방식이 아니라는 것을 너무도 잘 안다. 허나 경찰이 아니라 타로 마스터의 입장에서 생각해 보자. 논리적으로 따지고 들어오는 이성을 잠시 밀어 두었다.

"피해자와 가해자는 입장 차이가 있었을까? 아는 사람과의 다툼인가? 금전? 가게 운영?"

지금 단계에서 추측할 수 있는 건 이것뿐이다. 보고서에 적힌 글자만으로는 당사자들의 기분, 말투, 감정을 전혀 알아차릴 수가 없다. 모든 사건이 그렇다. 그래서 육감까지 십분 발휘해야 한다.

뽑은 타로 카드를 한 장씩 들여다봤다.

소드 2.

한 여자가 눈을 가리고 의자에 앉은 채 기다란 칼을 양손에 든 채 팔을 교차한 모습이다.

소드 6.

나룻배의 노를 젓는 남자와 손님 둘이 타고 있다. 손님은 어른과 아이인데, 어른은 아마도 아이의 부모일 것이다. 뱃머리에는 검 6개가 꽂혀 있다. 요즘으로 치면 밀항하는 것처럼 보인다.

소드 8.

흰 천으로 눈이 가려진 여자가 손이 뒤로 결박된 채 서있다. 발이 묶이지는 않았다. 그녀의 주변에는 여덟 개의 장검이 땅에 꽂혀 있다.

일단 타로 카드의 키워드를 떠올려 봤다.

"소드 2는 양자택일, 소드 6은 떠남, 소드 8은 발이 묶임인데…."

갈등 때문에 갈팡질팡하는 사망자의 모습이 떠올랐지만 거기까지. 범인을 특정해 낼만한 단서는 찾지 못했다. 내 추리는 여기까지인가?

나는 카밀라의 명함을 집어 들었다. 마지막으로 양 마담과 통화한 사람. 누구보다 양 마담을 잘 알고 있을 사람의 조언이 필요했다.

이틀 후 카밀라와 만나기로 했다. 약속 장소는 뜻밖에도 교외에 있는 보육원이었다.

그곳에 도착하니, 카밀라는 봉사원들과 함께 아이들에게 수제 버거를 나눠 주고 있었다. 포장지를 보니 유명 호텔에서 만든 버거였다. 햄버거도 명품으로 베푸는 그녀였다.

사실 오늘은 수수한 옷차림이라 한눈에 그녀를 알아보지 못했다. 화장을 지운 얼굴은 꽤 동안이었다. 나이를 알 수 없지만, 지금 모습은 영락없는 20대 대학생이었다.

카밀라는 나를 식당으로 데려갔다. 텅 빈 식당에는 아

무도 없어 조용히 이야기를 나누기에 충분했다.

"범인을 못 잡으면 미제 사건이 되는 건가?"

"아마도 그렇겠죠."

잠시 침묵이 흘렀다.

"어쨌든 유명한 마담 타로께서 직접 연락 주셔서 놀랐고, 여기서 만나자고 했는데 왜냐고 묻지 않아서 더 놀랐죠. 궁금하지 않아요? 왜 여기로 불렀는지."

전혀 궁금하지 않았다. 장소는 어디든 상관없으니까. 내가 궁금한 것은 따로 있었다.

"그것보다 양 마담과 마지막 통화한 사람이 그쪽이었다는 게 더 놀랄 일이었죠. 왜 경찰 조사받은 건 말씀 안 해 주셨습니까?"

"그게 중요한가?"

"중요하진 않아요, 대신 제 질문이 달라지고 타로 카드의 답이 달라졌을 수도 있죠. 타로 카드는 거짓말을 제일 싫어하거든요."

"유감스럽네요. 전 인생 자체가 거짓인데. 재미없잖아요, 진실은."

그녀는 자조적으로 웃었다. 수수한 모습이었지만 태도만은 여전히 상대방을 불쾌하게 만들었다.

"저기 그네 타는 여자아이 보여요?"

카밀라는 창밖을 가리켰다. 단발머리의 소녀였다.

"네."

"저 친구 이름이 강하리예요."

"예쁜 이름이네요."

"그렇죠? 영어 이름은 빅토리."

"빅토리."

나는 낮게 읊조렸다. 그러다 깨달았다.

"빅토리? 혹시 그 빅토리 룸살롱?"

"죽은 양 마담이 친모죠."

"아하, 강하리. 강하리."

둘은 이름도 같았다.

카밀라와 나는 한동안 아이가 그네 타는 것을 지켜봤다. 친모에 대해 알 리 없는 아이는 또래 친구와 경쟁하듯 그네를 탔다. 발을 구를 때마다 그네는 더 높이 올라갔다. 까르르 웃는 모습이 딱 사춘기 소녀였다.

"내가 양 마담이랑 같이 일할 때 가게에서 오천만 원을 훔친 적이 있어요. 그 남자한테 미쳤었거든. 가슴 성형 수술해 준 의사였는데 마취에서 깨는 순간, 저 남자가 내 남자다 싶었죠."

카밀라는 그 의사와 사랑에 빠졌고, 마침 개원 준비 중인 그의 병원에 투자하게 됐다고 했다. 그는 건물 리모델

링 비용을 걱정했다고 한다. 빌려주겠다고 먼저 제안한 사람은 그녀였다. 남자는 절대 받지 않겠다고 사양했지만 결국 받았다고 했다. 이자까지 계산해서 꼭 갚을 테니 걱정하지 말라는 말과 함께.

"나도 처음부터 언니 돈을 훔치려고 한건 아니었고, 갖다 쓰고 바로 채우려고 했어요. 술 팔고 웃음 판다고 의리까지 판 건 아니거든. 근데 이 남자가 배신을 하네?"

카밀라는 이런 이야기를 맨 정신에 잘도 했다. 여기가 보육원만 아니었다면 소주 한 병을 주문했을 것이다.

"바로 한강으로 갔지. 오천만 원 때문이 아니라 내가 이미 3억을 투자했거든."

"투자비 회수하면 되잖아요, 굳이 죽을 이유까지는….."

"다들 그렇게 말해요. 이 바닥에서 잘나가고, 손님 많고, 한 달에 오천이 뭐야 억도 넘게 버는 에이스가 무슨 돈 걱정이냐고. 근데 쪽팔리잖아. 자존심도 상하고. 그래서 죽어 버리려고 한강에 갔는데 이 언니가 귀신이야. 딱 거기 서 있더라구요."

"어떻게 알구요?"

"그걸 무슨 수로 알아요. 언니도 뛰어내리려고 온 거지. 둘이 얼마나 울었나 몰라. 죽을힘으로 살자. 남들은 더럽게 돈 번다고 욕하지만 힘들게 번 돈이다. 그걸 사기 쳐 먹는 새끼가 개새끼다. 언닌 내가 돈 훔쳐 간 날부터 바로 알고 있었더라구요. 언젠가 말하겠지, 사정이 있겠지. 그렇게 날 믿고 기다렸다나. 그날 언니 인생을 풀 스토리로 들었어요."

양 마담은 미혼모였다. 아이 아버지는 단골손님이고. 그 전까지 손님과 잠자리를 한 적이 없어 그 손님이 확실하다고 했다. 그와는 결혼을 약속했기 때문에 잠자리를 같이했는데, 임신 사실을 알게 된 후 남자는 도망치듯 지방으로 이사를 갔다고 했다. 게다가 유부남이었다. 얼마 후 자카르타 주재원으로 온 가족과 이민을 가버렸다. 그녀는 임신 사실을 속이고 룸살롱에 다시 출근했는데 부모님이 찾으러 왔단다. 그때 열아홉 살이었으니까.

집에 돌아와 방에 갇혀 있는데 그사이 배는 점점 불러왔고 부모님도 알게 됐다. 아버지는 불법으로 중절 수술이라도 하라고 성화였지만, 산모가 위험할 수 있다는 말에 일단 출산하는 쪽으로 가닥을 잡았단다. 그리고 아이를 낳았고, 그 핏덩이는 바로 이 보육원에 보내졌다.

"양 마담은 악착같이 아이를 찾았어요. 부모가 절대 말을 안 해줘서 고생했지. 결국 이렇게 찾았는데… 허무하게 죽었죠. 아니, 살해됐죠. 전 범인을 알아요. 그 남편이란 놈이에요. 분명해. 언니는 하리를 입양하려고 했어요.

남편 몰래. 법적 절차를 위해 친자 확인까지 했고."

　문제는 남편이었다.

　경찰의 사건 파일에는 양 마담과 남편이 사실혼 관계라고 기재되어 있었다. 남편 입장에서 친딸의 존재는 거추장스러웠을 것이다. 양 마담은 친딸을 호적에 올리는 문제로 남편과 다퉜을 수 있다. 그녀는 재산이 제법 많았다. 그래서 남편은 끊임없이 혼인신고를 요구했지만 양 마담 차일피일 미뤘다고 했다. 남편이 아내 재산을 호시탐탐 노리던 상황이었다면 이런 일들이 달갑지 않았을 것이다.

　"언니는 남편이 딸에게 해코지를 할까 봐 걱정했어요. 비밀리에 해결하겠다고 했는데…. 하리는 엄마의 존재를 아직 몰라요. 보육원 측이랑 비밀리에 논의 중이었으니까."

　카밀라의 말을 듣고 있자니 이틀 전 뽑았던 타로 카드 이미지가 하나씩 다시 떠올랐다.

　선택을 해야 하는 여자.

　아이를 데리고 떠나려는 여자.

　그러나 끈에 묶여 버린 여자.

　타로 카드는 뭔가 알고 있는 것 같았다. 하지만 그뿐. 제한된 정보로 소설을 쓸 수는 없었다.

　　　　　　　　　　　　　　　　　　마담 타로

다시 카밀라가 말했다.

"그날. 사고 난 날."

지금까지 아무렇지 않게 말하던 그녀의 목소리가 가볍게 흔들렸다.

"언니는 오후에 변호사를 만날 예정이었어요."

"사건 파일에 그런 말은 없던데."

"말 안 했으니까."

"왜죠?"

"하리가 공개될까 봐. 모든 걸 밝히면 사건은 해결되겠지만 하리가 위험해져요. 그놈은 돈을 위해 언니를 죽인 놈이야. 근데 하리가 끼어들면 가만둘까? 말했다 칩시다. 경찰이 평생 하리를 보호해 줄 수 있나? 없잖아."

그리고 강하리가 친모의 존재와 사망을 동시에 알게 되면 받을 충격이 걱정됐다고 했다. 죽을 때까지 친모의 죽음을 제 탓이라고 생각할 수도 있다.

나도 카밀라도 침묵했다. 어색한 기류가 흘렀다. 카밀라가 먼저 일어서며 말했다.

"또 궁금한 게 있으신가요?"

"아뇨, 충분합니다. 이 이야기는 저보다 경찰에…."

"할 생각 없습니다. 완전범죄로 끝난다 해도. 솔직히 오늘 실망스럽네요. 경찰에 이야기할 거였으면 왜 당신을 찾아갔을까?"

오늘도 그녀는 인사 없이 자리를 떴다.

나는 창밖을 봤다. 강하리는 아직도 그네를 타고 있었다.

'완전범죄는 없어.'

그건 소녀에게 하는 말은 아니었다. 내 마음속의 오기가 내게 하는 말이다.

인간은 완전하지 않으니까 완전범죄를 저지를 수 없다. 반드시 단서를 남겼을 것이다. 그리고 살인 사건의 공소시효는 범인이 잡힐 때까지다.

7

전차
THE CHARIOT

하필 퇴근 시간하고 맞물렸다. 지하철은 이미 만원이었다. 한 대를 그냥 보내고 두 번째 지하철을 타고 논현동으로 돌아왔다. 낮 동안 죽어 있던 유흥가는 이제 꿈틀거리기 시작했다.

〈아르카나〉의 소파에 앉아 식빵에 크림치즈를 바르고, 미리 뽑아뒀던 카드 세 장을 나란히 놓았다. 다시 섞었다. 또 섞어가며 순서를 바꿔봤다.

사건의 형태가 잡히기 시작했다. 카밀라에게 면박을 당

했지만 양 마담의 사연을 듣고 나니 어젯밤부터 혼자 썼다 지웠던 소설보다는 확신이 생겼다.

소드 2.

양 마담은 강제로 입양 보냈던 딸을 찾아내면서 갈등하기 시작했다. 사실혼 관계지만 함께 살고 있는 남편은 딸을 호적에 올리는 걸 강하게 반대한다. 하지만 미성년자인 딸의 미래를 생각하면 당장이라도 데려오고 싶다.

소드 6.

결국 그녀는 딸을 선택했고 전과는 다른 삶을 선택하기 위해 나룻배에 몸을 실었다. 풍파가 몰려오겠지만 능숙한 뱃사공, 즉 변호사가 있다면 문제없을 것이다.

소드 8.

하지만 두 눈이 가려진 채 몸이 묶여 버렸다.

이제 보니 소드 8 카드 속 여인은 주변에 감시하는 사람도 없고, 발이 묶이지 않았는데도 도망치지 않았다. 왜 그랬을까? 발이 묶이지 않았는데도. 내 시선은 계속 여인의 맨발에 머물렀다.

왜 도망가지 못했어요?

누굴 기다린 거죠?

두 발로 갈 수 있잖아요, 당신의 두 발로.

"그래, 발!"

범인의 족적이 떠올랐다. 서둘러 사건 파일을 펼쳤다. 족적 사진에 주목했다.

창문으로 침입한 강도는 창가에 놓인 서랍장을 밟고 안으로 들어왔다. 그런데 신발의 방향이 달랐다. 밖에서 안으로 향하게 찍혀 있었다.

"찾았다!"

나는 고민할 것도 없이 담당 형사에게 전화를 걸었다.

"나야. 지금 만날 수 있을까?"

그리고 경찰서로 향했다.

나는 다시 유한과 조사실에 마주 앉았다. 그의 표정은 떨떠름했다.

"양 마담은 남편이 죽였어."

"넌 뭐냐? 누가 마음대로 수사하래?"

"경찰에선 남편 소재 파악했어?"

"아직도 경찰인 줄 알아?"

"경찰 아니고 시민이야. 지나가던 시민인데 제보하는 거야. 잘 봐. 범인이 3층으로 침입했다고 적혀있지만."

나는 스마트폰에 저장해 놨던 사진 파일을 확대해 가며 설명했다. 그는 내 말은 듣지도 않고 이 사진을 어디서 구했냐며 노발대발했다.

"알 거 없고. 자, 봐. 이 빌라는 베란다가 없고 위층은 옥상이 아닌 4층 가정집이야. 옥상에서 밧줄을 내리지 않는 한 침입이 어려워. 다세대 주택이라 대낮에 벽 타고 침입하는 건 미친 짓이지. 그러니까 범인은 창문으로 침입한 게 아니야."

"야!"

유한이 버럭 소리를 질렀다.

"우리가 그깟 것도 모르고 수사하는 줄 알아?"

"그 정도는 알았어?"

"대한민국 경찰을 무시해도 정도가 있지."

다행이었다. 그래서 웃었다.

"알았구나, 혹시 몰랐을까 봐."

"너 지금 놀리냐?"

"그럼 족적 방향이. 이 순서를 보면 현관에서 들어와 창 밖으로 향한 것도 봤지?"

"이걸 보고 모르는 형사도 있나?"

유한이 맞받아쳤다.

"이게 위장이라는 것도?"

나는 현관 앞에 찍힌 1번 족적을 짚으며 물었다.

"현관에서 들어왔는데 안방에 있는 화장품 파우더 가루가 어떻게 묻었을까?"

그 순간 정적이 흘렀다. 그도 놓쳤던 부분이다.

"인정하고 싶지 않겠지만 침입자의 족적 방향은 모두 방 안에서 창문으로 향하고 있어. 버젓이 현관으로 들어왔다가 물건을 훔치고 창밖으로 나갔다고 생각하게 속인 거야. 문제는 첫 번째 족적인데, 화장품 파우더는 안방 바닥에만 흩어져 있어. 범인은 강도가 든 것처럼 현장을 꾸미기 위해 물건을 뒤졌겠지. 그러다 자신도 모르게 화장품을 바닥에 떨어트렸어. 그걸 밟았고. 지금도 신발에 분가루가 묻었는지는 모를 거야. 남자들은 화장품을 신경 안 쓰니까."

"그래서?"

유한은 팔짱을 끼고 배타적인 태도로 물었다.

"어떻게 현관에서부터 파우더 가루를 묻히고 들어올 수 있을까?"

내 말에 유한은 다시 족적을 살폈다. 나는 이때다 싶어 '소설'을 쓰기 시작했다.

"거기 보면 3층에서 도주라고 적혀 있잖아? 하강 도구도 없이 3층에서 뛰어내린다고? 말도 안돼. 봐봐, 이 집은 미니멀리즘이라 훔쳐 갈 것도 없어. 빈손인 것도 억울한데 목숨 걸고 3층에서 뛰어내린다고? 강도들에게 절도는 쇼핑이야. 입구로 들어와서 출구로 나가는 쇼핑. 도주로 확보는 기본이거든. 이 사람은 강도가 아니야. 강도 흉내 낸 거지."

"범인은 일부러 발자국을 남겼다?"

"족적을 봐. 마모도 없는 새 신발이야. 이날을 위해 준비한. 분가루는 생각 못 했던 변수였고."

그가 고개를 끄덕였다. 수긍할 수밖에 없는 대목이니까.

"여기서 문제. 범인은 일부러 강도인 척 꾸몄습니다. 왜 그랬을까요?"

답을 기대하고 물은 것은 아니다. 그냥 분위기를 환기시키려고 했다.

"범인은."

이어서 말하려는데.

"야!"

유한이 갑자기 소리를 질렀다. 나는 하려던 말을 멈췄다.

"내가 맞출 때까지 절대 말하지 마라."

그는 자존심이 강하다. 이혼할 무렵에는 어리바리한 신

입 형사였다. 형사는 적성에 안 맞는다고 얼마나 힘들어했던가. 그런데 얼마 전, 최연소 팀장으로 승진한 걸 보면 실력이 좀 늘었나 보다. 그는 미간을 모으고 고민에 빠졌다.

사실 이 사건은 그에게 중요하지 않을지도 모른다. 하루에도 수십 건씩 쏟아지는 사건을 제한된 경찰 인력으로 해결하는 것은 어렵다. 나도 안다. 알아도 이해하지 않을 것이다. 피해자 가족이 돼 보면 안다. 세상에 '공평'은 없다는 걸. 약자가 잃어버린 하나는 그가 가진 전부일 때가 있다. 그러니 공평한 개수는 처음부터 없다.

"힌트 줄까?"

그는 내 제안을 거절하고, 검지로 관자놀이를 누른 채 계속 집중했다.

"아! 내적 갈등?"

"빙고!"

범죄자는 범죄 목적 달성 후 빠르게 도주한다. 우발적 범죄라도 도주는 필수 과정이다. 그런데 양 마담을 죽인 자는 도망칠 시간도 부족한데 공들여 현장을 꾸몄다. 살해가 목적이었다면 살해 후 도주하면 된다. 그런데 살해가 아닌 척 정성들여 현장을 꾸몄다. 현장에서 시간을 허비했다.

"사건을 완벽하게 위장해야 한다는 내적 갈등이 있었

어, 놈에겐."

"이건 또 누가 말해 줬어?"

나는 카밀라도, 소녀 강하리도 말할 수 없다.

"타로 카드."

"그걸 믿으라고? 누구의 부탁을 받고 이 사건을 파고 있는지 모르겠지만 여기까지만 하고 손 떼. 경찰 사칭하지 말고."

"역시 눈치 하나는 빠르다니까."

"눈치 없어서 이혼하자며!"

"5년이나 지났는데 아직도 그 말을 기억하네. 날 못 잊는 건 아니지?"

"내가 널 어떻게 잊겠니? 평생 저주할 건데."

우리의 이별이 애틋하거나 낭만적이지 못했다. 사랑하기 때문에 놓아준다거나, 너의 행복을 축복해 준다는 드라마 같은 대사는 없었다. 이혼을 앞두고 서로에게 흠집 내기 바빴다. 맹수들처럼 싸웠다. 이 불행이 누구 때문에 시작됐는지 알아내기 위해 올림픽 금메달이라도 걸려 있는 것처럼 서로 물고 뜯었다.

"어차피 소설이니까 끝까지 들어."

나는 그 앞에 소드 6 카드를 내밀었다.

"양 마담은 이 타로 카드처럼 테이프에 얼굴이 감겨서

질식사 했어."

"셜록 홈즈 놀이에 이제는 국과수까지? 잘 모르나 본데 이 사건은 테이프를 사용한 강도 살인의 전형적인 모습이야. 테이프로 제압하려는 범인의 수법이라고."

나는 그의 말을 무시했다. 중요한 것은 지금부터니까.

"살아있는 상태라면 얼굴에 붙인 청테이프가 이렇게 매끈할 수 없어. 피해자가 살아있는 상태였다면 청테이프가 구겨지거나, 틀어졌어야 해. 일반적으로 청테이프는 피해자를 결박시키는 용도로 써, 당신도 알다시피. 선 청테이프, 후 질식사. 이 순서가 전형적인 모습이야. 그런데 사람을 먼저 죽였어. 그럼 청테이프를 쓸 이유가 없잖아? 이건 위장이란 거지. 그리고 손. 일반적으로 범인이 손을 묶는 이유는 피해자를 결박하려는 거야. 그럼 뒤로 묶어야 하지 않겠습니까, 형사님?"

손을 앞으로 묶으면 피해자가 무기를 들거나 도망치기 쉽다는 것은 상식이다. 손이 뒤로 묶인 채 도망치는 건 꽤 어렵다.

그는 타로 카드와 양 마담의 사진을 번갈아 봤다. 뒷머리를 엉클며 인상을 썼다.

"이런 정황으로 용의자를 남편이라고 지목하는 건가?"

"여기까지 나도 헷갈렸어. 112 신고를 의심하기 전까진."

"112 신고는 문제없잖아?"

"당신이 퇴근하고 집에 왔어. 내가 이런 상태였다고 치자. 어떻게 할 거야?"

"112가 아니면… 119?"

"그래서 우린 안 맞는 거야."

"넌 별수 있냐? 내가 저렇게 발견되면 어떻게 할 건데?"

"테이프를 찢어야지. 당장 찢고 심폐소생술을 할 거야. 있는 힘껏 심장을 눌러야지. 119에 신고하면서도 심장에서 손을 떼지 않을 거야. 설령 죽었다고 해도 계속할 거야. 살려야지, 가족인데."

그의 입에서 낮은 탄식이 흘러나왔다.

"이 남자는 아내가 죽었는지 살았는지도 모르는데 신고부터 했어. 마치 죽기를 기다린 사람처럼. 봐, 어디 테이프 뜯은 흔적이 있나. 그리고 112 녹취록을 보면 경찰이 전화를 받자마자 아내가 죽었다고 말해. 테이프를 뜯어보지도 않았는데 어떻게 알지?"

인간이라면 누구나 했어야 할 자연스러운 행동을 범죄자들은 종종 놓친다. 상식에서 벗어나면 덜미가 잡힌다.

"이제 가 봐도 될까요, 형사님?"

내가 일어나자 그도 일어났다.

"그럼요, 바쁘신데 가 보셔야죠. 귀한 제보 감사합니다.

앞으로도 적극적인 제보 활동 부탁드립니다."

그는 손잡이를 잡고 문을 열려다가 나를 쳐다봤다. 하이힐을 신어서 그와 눈높이가 같아졌다. 타로 마스터가 되기 전에는 주로 운동화를 신었기 때문에 늘 그보다 작았었다. 익숙한 향이 풍겨 왔다. 그 향수를 여전히 쓰는구나…. 내가 선물했던.

우리를 힐끗힐끗 쳐다보는 형사들의 시선이 느껴져서 나는 그에게 눈인사만 하고 서둘러 그곳을 빠져나왔다.

나는 1층 휴게실 커피 자판기에 동전을 넣었다. 조사실에서 흥분했더니 카페인이 필요했다. 사실 에어컨을 고치지 못해서 시원한 휴게실에 잠시 머물고 싶은 생각도 있었다. 밀크커피 버튼을 눌렀다. 잠시 후 커피 향이 휴게실에 퍼졌다.

종이컵을 막 들어 올렸을 때, 주차장에서 다투는 소리가 들려왔다. 창밖을 보니 검거된 남녀 용의자들이 주차장에서부터 거친 욕설을 내뱉으며 강력하게 저항하는 것이 보였다.

"참신한 관계군."

대화를 들어 보니 둘은 불법 성매매 종사자 같았다. 여자 포주는 남자가 돈을 훔쳐갔다며 갖은 욕을 다했다. 참

다못한 남자가 여자를 구타하기 시작했는지 한바탕 소란이 일었다. 여자도 지지 않고 대드는 것이 창문 너머로 보였다. 선남선녀의 개싸움은 비현실적으로 보였다.

"막장 드라마가 따로 없네."

"그치? 볼만하지?"

익숙한 소리에 돌아보니 성훈이었다. 숙직실에서 잤는지 눈이 붉게 충혈 되어 있었다. 차림을 보니 슬리퍼에 트레이닝복이었다.

"여전하네, 숙직실에 사는 건."

"선배도 그립지 않아? 경찰서를 내 집 삼아 발 뻗고 편안하게 자던 시절이? 대한민국에서 여기보다 안전한 집 있으면 나와 보라고 해."

"커피?"

"든든한 율무차로 주십쇼."

나는 율무차를 뽑아 건넸다. 그는 율무차를 마시면서 내 눈치를 봤다.

"…형이 뭐라고 안 해?"

"너라고 말 안 했어."

"말 안 해도 나밖에 더 있나, 자료 줄 만한 사람이."

"고맙다. 더 고맙게 범인 꼭 잡아 줘."

"그 사건은 우리한테 맡기시고. 동생은?"

"아직."

"고 녀석, 언니랑 숨바꼭질 참 오래 하네. 누가 술래야?"

술래라는 말이 명치끝에 얹혔다. 지금은 내가 술래지만 이 숨바꼭질은 내가 먼저 시작했다. 집을 먼저 나온 것도 나였고, 연락을 끊은 것도 나였다. 그래, 서희는 술래였구나. 어쩌면 서희는 아직도 나를 찾고 있을지 몰라.

8

힘
STRENGTH

굵은 빗줄기가 유리창을 때리는 소리에 잠에서 깼다. 습기를 먹은 시멘트 바닥에서는 퀴퀴한 냄새가 올라왔다. 모처럼 서늘한 날씨라 기분은 좋았다.

요 며칠은 아가씨들 상담이 없어서 늦은 밤에 잠들 수 있었지만 습관이 무섭다. 아무리 노력해도 동이 틀 때 즈음 잠들고, 해가 정오에 올랐을 때 간이침대에서 일어났다.

커피 한 잔과 호밀 비스킷을 챙겨 소파에 앉았다. 그리고 늘 하던 대로 타로 카드를 섞고, 한 장을 뽑았다. 이 카드가 오늘의 카드다. 오늘 벌어질 일, 조심해야 할 일, 뜻하지 않는 만남을 예지한다. 때론 점심 메뉴의 힌트가 되기도 한다. 어느 날은 소름 돋도록 맞고, 어느 날은 이게 무슨 뜻인지 모를 경우도 있다. 며칠 뒤 일어날 사건을 암시하기도 한다.

이 카드 한 장 때문에 그냥 흘려보낼 수 있는 하루의 의미를 찾게 된다. 그 카드가 무슨 의미였는지는 잠들기 전에 알 수 있다.

오늘의 카드는 메이저 카드 8번, 힘 카드다.

이 카드는 흰 옷을 입고 화관을 쓴 여자가 인자한 미소를 지으며 두 손으로 사자의 주둥이를 누르고 있는 그림

이다. 맹수인 사자는 꼬리를 내리고 고양이같이 얌전하다. 흔히 말하는 '미녀와 야수' 카드로 우리 내면에 갖고 있는 지성과 야성을 의미한다.

그런데 오늘의 카드로 뽑았을 땐 소소한 뜻을 담고 있을 때가 더 많다. 길고양이를 만나 깜짝 놀라거나, 입을 벌려야 하는 치과 예약이 있거나, 무한대 모양과 비슷한 리본을 사기도 한다.

오늘의 카드를 음미하며 비스킷을 깨물었다. 선약이 있어 커피는 다 마시지 못한 채 나갈 채비를 했다.

"유명한 마담 타로 아니신가요?"

"선배, 놀리기는. 너무 오랜만이죠?"

언제나처럼 수경 선배는 양팔을 벌려 안아 줬다. 손잡고, 등을 토닥여 주고, 안아 주는 것이 그녀의 방식이다. 처음에는 거부했지만 서희 때문에 힘들 때는 선배가 그립기도 했다.

"파출소 오니까 어때? 출근하고 싶지?"

"전혀. 강남에 있는 파출소는 인테리어부터 부티가 흐르네. 봉지 커피 아니라 캡슐 커피를 마시고."

"경품 탔다. 됐니? 에스프레소 한 잔 할래?"

"좋죠."

"더운데 아포가토로 줄까?"

"뭐가 이렇게 고급입니까? 저야 좋지만."

"알잖아, 내 취향. 명품 아니면 취급 안 하는 고급 취향. 명품 아이스크림 투게더가 냉동실에 있거든. 엄마 아빠도 함께 투게더 투게더."

그녀는 아주 오래된 CF송을 부르며 냉동실 문을 열었다. 나는 소파에 앉아 곳곳을 살폈다. 첫 부임지였기 때문에 각별하다. 논현동으로 이사 왔을 때 고향에 온 기분이 든 것도 이 파출소 때문이다. 더 빨리 찾아오려고 했지만 양 마담 사건 때문에 그럴 수 없었다.

"어제라도 연락하고 오지. 그럼 저녁 시간 비우는 건데."

수경 선배는 아포가토 두 잔을 테이블에 내려놓으며 볼멘소리를 했다.

"우리 사이에 연락은요. 어차피 연락하고 와도 출동 나가시면 얼굴 못 보잖아. 이게 경찰의 숙명이고."

"그 숙명 때문에 내가 결혼을 못 한다니까. 결혼식 날 출동 떨어질까 봐."

"강박이야."

"꿈도 꾼다니까. 웨딩드레스 입고 신랑 팔짱을 딱 끼는데, 그 자식이 현상 수배범이야. 수갑, 수갑! 꿈에서 수갑을 막 찾는데?"

"없어."

"그렇지!"

"수배범은 도망쳐."

"빙고! 언제 그런 꿈을 꾸는 줄 알아?"

"관내 살인 사건?"

"아니, 승진 앞두고. 야, 얼마나 승진이 스트레스면 그런 꿈을 꾸니?"

선배는 너스레를 떨었다.

"그것도 직업병이다. 대한민국에 경찰이 선배뿐이지?"

"어떻게 알았냐? 일급비밀인데."

그녀는 아이스크림을 한입 가득 넣으면서 웃었다.

"나 결혼하면 너 부케 받으러 올래?"

"이혼녀에게 할 소립니까? 이혼 전에 결혼 사기 수사 지원 갔었잖아요. 남자를 보면 다 범죄자로 보여. 이거 완전 직업병이라니까. 사람을 믿을 수가 없어."

"그러게. 트라우마만 얻고 이혼했네. 경찰을 대표해서 내가 심심한 위로를 건넨다."

수경 선배가 놀렸다.

"선배, 최근에 나비 봤어요? 요즘 안 보이네…."

목덜미, 팔, 어깨, 손등 등 여러 곳에 나비 문신을 해서 '나비'로 불리는 열여덟 살 가출 소녀. 내가 이곳에 부임했을 때는 가출 초등학생이었다. 그 아이는 한강, 영등포, 홍대, 이태원 할 것 없이 본거지를 옮겨 다녔다. 그러다 몇 달 전 일산 유흥주점에서 만났다. 나보다 나비가 더 놀랐다. 다음 날 다시 찾아갔을 때, 이미 그녀는 사라진 후였다. 논현동으로 이사 온 후 나비의 행방을 다시 쫓고 있다. 일산에서 나를 보고 사라져서 괜히 마음이 무거웠다. 이젠 경찰도 아니니 동네 언니처럼 편하게 다가가고 싶었는데…. 나비 마음은 아니었나 보다.

"꽤 됐어. 안 보인지."

"…청소년 쉼터에 들어갔나?"

"그럼 걱정을 안 하게? 이젠 나이도 있어서 거길 가진 않았을 거야."

"이제 겨우 열여덟이야. 어린 애라고."

"그건 네 생각이고. 걔는 다 컸다고 생각할 거야. 혼자 살 수 있다고."

맞다. 내가 틀렸다.

"며칠 전 강남에서 봤다는 애들이 있긴 했어. 그래서 선배는 알고 있나 해서 와 봤지."

"쉼터에 들어갔어도 나왔을 거야. 지난번엔 부모가 찾아왔다고 하더라."

"이제 와서?"

"지금이라도 찾는 게 어디니."

"선배도 알잖아, 그 집안."

"나도 알지. 그 사람들 이름만 부모지 몇 번 찾는 시늉하더니 그걸로 끝. 아예 이민 간대. 벌써 한국 떠났을 걸?"

선배는 혀를 찼다. 경찰로 근무하면서 집이 지옥인 청소년들을 수도 없이 봤다.

"나비가 연예기획사 들어갔다가 나왔다는데. 매매춘 라인이랑 엮였단 소문도 있어. 부모가 버렸는데 누가 거두겠니? 부모만한 사람이 없는데."

"꼭 그렇진 않아요, 선배."

아버지 같은 부모도 있거든.

나비와 처음 만났던 날이 떠올랐다.

순찰을 돌다가 술 취한 남자가 다짜고짜 나비를 끌고 가려던 걸 발견했다. 내가 다가가니 서로 아는 사이라며 그냥 가라고 했다. 나비가 나서서 말했다. 행색을 보아하니 가출 청소년으로 보였지만, 가출 신고가 돼 있지 않았다. 이럴 경우 경찰이 할 수 있는 건 없다.

다시 만났을 때 나비는 노숙 청소년이 되어 있었다. 편의점에서 라면과 도시락을 함께 먹으며 언제든 필요하면 연락하라고 전화번호를 알려 주었다.

나비는 집과 인연을 끊기 위해 휴대폰도 갖고 있지 않았다. 연락이 필요하면 근처 공중전화나 친구 전화로 연락을 했다. 내가 경찰을 그만둔 후로도 연락이 왔다. 재작년까지 소식이 닿았었는데….

나비는 어른에게 마음의 문을 단단히 닫아 버린 소녀였다. 부모에 대한 불신이 가득했다. 성적을 비관해 자살한 언니의 영향도 한몫했다. 들어보니 언니가 죽은 후 부모의 정서 학대가 노골적으로 시작되었다.

"언니대신 네가 죽었어야 해."

둘 다 똑같은 자식인데 살아남았다는 이유로 부모의 원망을 들어야 했다. 언니는 대형 연예 제작사의 아이돌 연습생이었고 데뷔를 앞둔 상태였다. 부모는 전 재산과 빚까지 걸고 언니를 키웠다. 딸이 데뷔만 하면 돈벼락을 맞을 줄 알았던 부모는 딸의 죽음보다 사라진 돈에 분노했다. 그래서 언니 대신 아이돌이 되라고 나비를 내몰았다. 하지만 그녀에겐 춤과 노래로 무대를 장악하는 재주가 전혀 없었다.

나비는 패션디자이너가 되고 싶다고 했다. 그런데 부모는 그녀가 하루, 일주일, 한 달 동안 정성껏 그린 스케치들을 매번 찢어 버렸다.

견딜 수 없어 무작정 집을 뛰쳐나왔다고 했다. 무자비하게 쏟아지는 아버지의 폭력보다 노숙이 마음은 편하다며 웃었다.

"예쁘죠?"

나비는 문신을 보여 주며 말갛게 웃었었다. 나는 그때 보았다. 웃음 뒤에 짙게 깔려있는 두려움의 그림자를. 문신은 가정 폭력의 흉터를 숨기기 위해 어쩔 수 없이 시작한 선택이라고 했다.

"예뻐. 해도 예쁘고, 안 해도 예쁘고."

"에이, 거짓말. 나 같은 애가 어디가 예뻐."

나비는 철없는 동생처럼 투정부리며 웃기도 했다. 꼭 서희처럼.

그녀의 사정을 속속들이 알고 나서는 집으로 돌아가라는 말을 하지 않았다. 씻지도 못하고 먹지도 못하는 노숙자의 삶이 정말 행복해 보였으니까.

"노숙 안 하려고 나도 돈 벌고 있어. 옷가게인데 사장 언니가 통이 커. 맨날 밥도 사주고. 보너스도 주고. 돈 모으면 패션 학원 다닐 거야. 그럼 언니 옷부터 만들어 줄게."

"진짜 약속. 그 약속 지키기로 약속."

그게 나비와 나의 마지막이었다. 그런데 일산에서 아가씨로 일하는 모습을 내게 보였으니. 그녀는 더 깊은 곳으로 숨어든 것 같았다.

　나비 이야기로 수경 선배의 얼굴이 어두워졌다.

　"가정이나 학교를 벗어난 청소년들은 범죄에 노출될 확률이 많다는 걸 알지만. 가정이나 학교도 범죄 현장이 되니. 참 어렵다, 그치?"

　나는 고개를 끄덕이며 바닐라 아이스크림을 휘젓기만 했다.

　"서희 소식은?"

　"없지."

　"뭐가 없어. 소식은 들었어."

　"응?"

　"유한이 연락했어. 서희 소식 듣고 놀라서 새벽에 전화했더라. 누가 진짜든 죽은 사람은 있으니까."

　"그렇게 비밀이라니까. 신뢰도 빵이다, 빵. 이혼하고 당분간 비밀로 하자던 사람이 그날 술 먹고 울면서 선배한테 전화나 하고."

　"나니까 다행이었지. 보안 윤수경 선생이니까."

　"선배 입 무거운 건 알아줘야지. 내 엑스 남친 아는 사람은 선배뿐이잖아."

　"지금 농담이 나와? 사망 소식 들었을 땐 놀랬겠다. 누

군가의 불행이 나에게는 다행인 순간이 싫지만…. 어쩌
니, 인생이 그런 걸.”

곧 수경 선배 순찰 시간이라 다음을 기약하고 나왔다.

결국 나비에 대해선 아무것도 얻지 못했다. 사실 그냥
무시해도 된다. 스쳐 지나가는 인연이 어디 한둘이었을
까. 그래도 되는데 그 녀석의 뜻 모를 마지막 눈빛이 마음
에 걸렸다.

도와 달라는 거였니?

아는 척 말아 달라는 거였니?

한강 고수부지 벤치에 앉아 해가 떨어지길 기다렸다.
붉은 석양이 한강물에 일렁이더니 어둠이 금세 찾아왔다.
가로등 불빛이 강물에 일렁였다. 찰랑이는 물결이 여자들
의 긴 머리카락으로 보였다. 카밀라도, 양 마담도 저 물에
뛰어들었다면 물귀신이 되었겠지.

휴대폰이 울렸다. 성훈이었다.

“여보세요?”

“선배, 잡았어, 그 새끼 잡았어!”

양 마담을 살해한 범인은 예상했던 대로 남편이었다.

마담 타로

그는 내게 제일 먼저 알렸다며 엠바고를 요청했다. 내가 무슨 언론사도 아닌데 무슨.

"어떻게 잡았니?"

누가 어떻게 잡았는지는 유한 선배에게 직접 들으라고 했다. 그럴 일은 없을 텐데. 아무래도 일반 시민들처럼 뉴스를 기다려야 할 것 같다.

그는 다른 전화가 들어온다며 급히 끊었다. 성훈도, 유한도 오늘은 야근이겠다. 범인 잡은 날의 경찰서 풍경이 눈에 선했다.

호젓한 마음도 잠시였다.

유흥가로 돌아오니 활기가 넘쳤다. 겉옷인지 속옷인지 모를 조출하고 간소한 차림의 여성들이 보이기 시작했다. 요즘 매스컴에 나오는 연예인들 차림과 다를 바 없긴 하다. 오히려 모든 단추를 채운 내가 고집스럽게 보일까? 비가 또 오려는지 밤인데도 후텁지근했다.

목적지는 없었다. 가출 청소년들이 무리 지어 다니는 클럽 주변을 돌아다녔다. 나비와 어울려 다니던 무리를 찾는 것은 어렵지 않았다. 다섯 명의 남녀 청소년들이 분수대 앞에서 소란스럽게 놀고 있었다. 그중 빨간 머리 소년이 나를 알아봤다.

"경찰 누나?"

이미 경찰이 아닌 것을 알면서도 그들은 꼭 이렇게 불렀다.

"안 본 사이 많이 자랐네?"

"그런가?"

소년은 까치발을 들어 보이며 웃었다.

불량 청소년들은 품행이 거칠 것이라는 선입견이 있다. 하지만 자신들을 이해해 주고 호의를 베푸는 어른들에게는 선량하다. 선량한 척이라고 하겠지만 일반인들도 그렇듯이, 그들도 똑같다. 잘해 주면 잘해 준다.

"요즘 나비 봤니?"

다섯 청소년은 서로 눈짓을 하더니 약속이라도 한 듯이 고개를 흔들었다.

"아뇨."

"모르는데."

"언제 봤더라…."

엄마 눈에는 자식의 거짓말이 빤히 보이는 것처럼, 어른이 된 내 눈에는 아이들의 거짓말이 너무도 잘 보였다.

"알고 있구나?"

이해는 한다. 내가 아무리 호의를 베풀어도 자신들끼리의 약속이 있다면 '의리'라는 미명 아래 한마음 한뜻이 되는 시기니까.

"진짜 모르는데?"

그들은 서로 키득거리며 날 속이려고 했다. 오늘의 카드였던 힘 카드의 이미지가 떠올랐다. 다섯 마리의 어린 사자들을 내 손아귀에 넣으려면 이 방법뿐이다.

"타로 카드 봐 줄까?"

다섯 명의 눈동자가 반짝였다.

9

은둔자
THE HERMIT

〈아르카나〉에 이렇게 많은 손님이 찾아온 적은 없다. 아이들이 먹고 싶다는 족발, 피자, 떡볶이를 시켜 놓고 타로 카드 리딩을 시작했다.

"언니, 제가 좋아하는 오빠가 있는데요."

쌍꺼풀 수술을 한 지 얼마 되지 않아 눈이 부운 소녀가 물었다.

"같이 살자고 해요, 자꾸."

"동거?"

"네."

소녀가 수줍게 대답했다. 친구들은 그 상대가 누구인지
이미 아는 눈치였다. 연예인 지망생이다, 클럽 MD라 돈
잘 번다, 아는 경찰도 많다…. 수많은 정보가 친구들 입에
서 쏟아져 나왔다. 나는 그 정보들에 귀를 기울이며 카드
를 빠르게 섞었다.

"한 장. 마음 가는 카드 하나를 골라."

원 카드 배열법 또는 원 오라클로 불리는 스프레드다. 간
단하지만 명료하고 직관적이다. 하지만 한 장 고르기가 가
장 어렵다. 여러 장의 카드를 뽑을 때, 대부분의 사람이 더
신중한 태도를 보인다. 소녀도 고심 끝에 한 장을 골랐다.

카드를 받아 뒤집으니 타워 카드다.

동화 속 라푼젤이 갇혀 있을 법한 높은 탑에 번개가 내리친다. 탑은 불타고, 그 안의 사람들은 뛰어내리는 중이다.

"타워, 즉 탑 카드인데…."

나는 조심스럽게 설명을 시작했다. 그런데 말이 쉽게 나오지 않았다. 하필 타워 카드라니.

"이거 안 좋은 카드죠?"

소녀가 내 눈치를 봤다. 타로 카드를 모르는 사람이 봐도 불길한 예감이 든다.

"음…."

말을 고르고 골랐다. 방금 전 아이들이 조잘거리며 그 남자에 대해 쏟아 놓았던 말들이 머릿속에 맴돌았다. 타로 카드도, 아이들에게 얻은 정보도 모두 불길해 보였다.

"나 오빠랑 안 되는 거야?"

소녀의 목소리에서 아쉬움이 묻어났다. 타로 카드는 타로 리더가 해석해 주지 않아도 스스로 답을 알아차리는 경우가 종종 있다. 지금처럼.

"안 되는 건 아니고. 번개 맞은 것처럼 상황이 갑자기 변할 수 있어. 동거를 시작할 수도 있고. 아니면 남자 집에 들어가서 결혼한 것처럼 살 수도 있지. 동거나 결혼이나 뭐 비슷하지만. 분명 갑작스런 변화가 있을 거야. 하지만 그 끝도 갑작스러울 수 있어. 임신을 하거나, 사고를 당하거나. 결국."

"끝이 안 좋네요?"

"네가 그렇게 생각했다면, 그런 일이 일어날 거야. 타워 카드는 에너지가 강력해. 아주!"

물론 긍정적인 타로 카드가 나왔어도 동거를 하지 말라고 충고할 작정이었다. 아무리 운이 좋다고 해도 연예인 지망생이었던 클럽 MD가 얼마나 가정에 충실할 수 있을까? 아는 경찰도 많다는 걸 보니 꽤나 사건 사고가 끊이지 않았던 사람일 수 있다.

"자, 이제 내가 하나 물어볼게."

나는 타로 카드를 정리하면서 아이들에게 질문했다.

"나비는 어떻게 됐을까?"

타로 카드 더미를 쥐고 잘 섞었다. 그리고 가장 위에 있는 카드 한 장을 바닥에 내려놓았다.

심판 카드였다.

지상의 사람들이 관 속에서 두 팔을 들어 천사를 경배하는 모습이다.

녀석들은 나체의 사람들을 보고 키득거렸다.

이 카드는 '죽은 자가 살아난다'는 점에서 과거와 연관이 깊은 카드다. 이미 사라진 것이나 잃어버린 것을 한 번 더 불러낸다는 의미랄까? 멋지게 부활해 재도전을 하라는 충고가 될 수도 있다. 오늘 같은 경우에는 나팔이 의미하는 '소식'에 초점을 맞춰야 한다.

타로 카드 한 장에는 다양한 상징이 담겨 있다. 상황에 맞게, 혹은 첫 번째로 눈에 들어온 상징에 초점을 맞춰 상담해야 한다.

하지만 오늘은 카드를 섞는 척하면서 일부러 이 카드를 가장 위에 올려놓았다. 정보를 캐내기 위한 함정이다. 물론 아무도 눈치 채지 못했다.

지금부터가 중요하다. 신내림을 받은 것처럼, 저 아이들의 마음속을 꿰뚫어 보는 것처럼 당당한 말투로 내뱉어야 한다.

"나비는 누군가의 연락을 받고 사라졌어. 아주 좋은 기회를 잡았거든."

확고한 말투로 아이들을 쳐다봤다. 그러자 한 명은 회피하고, 한 명은 모르겠다는 표정으로 어깨를 으쓱했다.

세 번째 소녀와 눈을 마주치는데.

"와! 소름!"

걸려들었다.

"어떻게 아셨어요?"

어떻게 알긴. 네가 말했잖아.

가출 청소년들에게는 좋은 어른보다 나쁜 어른들이 더 먼저 손을 내민다. 잘 곳을 해결해 주겠다, 용돈을 주겠다, 좋은 일자리가 있으니 너만 조용히 와라…. 너무 많은 유혹들이 청소년들을 기다리고 있다.

"나비가 있는 곳은 어디야?"

"편의점이요."

불법적인 곳이 아니어서 한시름 놓았다.

"다행이네."

"그쵸? 완전 편하잖아."

"시급도 센데 재워 주고."

"거기 숙식되는 편의점인데 여자만 원해서 못 갔지, 남자들은."

친구의 취업이 꽤나 부러운지 그들은 내심 아쉬운 목소리를 냈다.

나는 가슴이 내려앉았다. 휴게소나 지방 관광지의 경우 종종 편의점이 숙식을 제공하기도 하겠지. 교통이 불편하고, 접근성이 떨어지는 곳이면 어쩔 수 없으니까. 이건 성인의 경우다. 미성년자에게 부모 허락도 없이 노동과 숙식을 제공 한다면 합법이 아닐 가능성이 높다. 머릿속에 빨간불이 켜졌다.

"거기 어디야?"

마음이 급해졌다.

쌍꺼풀 소녀가 휴대폰을 뒤져 연락처를 찾아냈다.

"여기요. 저도 면접 봤는데 떨어졌어요."

"어디서 봤어, 그 면접?"

"각자 채팅방에서 화상 면접 보고, 저하고 나비만 1차 붙어서 갔어요. 번호는…. 잠시 만요. 거기가 무슨 소개소였는데…."

휴대폰에 전화번호를 저장하던 내 손가락이 가늘게 떨렸다.

새벽에 잠깐 눈만 붙였다가 바로 일어났다. 9시가 되자마자 직업소개소와 통화를 시도했다. 연결되지 않았다.

오늘의 카드를 뽑았는데 타워 카드가 나왔다. 아침마다 카드를 뽑다 보면 며칠 동안 같은 카드가 뽑힐 때가 있다. 일종의 경고다. 같은 메시지가 반복적으로 나온다면 긴장해야 한다.

점심이 지나서야 직업소개소는 전화를 받았다.

"다잡아 직업소개소입니다."

중년 남자의 느긋한 목소리가 흘러나왔다.

"숙식할 수 있는 편의점이 있다고 해서요."

"학생?"

상대방의 말꼬리가 날카롭게 올라갔다.

"네."

나는 태연하게 거짓말을 했다. 이건 거짓말이 아니다. 위험에 빠진 청소년을 구출하기 위한 위장이다.

"고등학생?"

"네."

"학생은 안 돼."

이럴 땐 순발력이 필요하다.

"나이가 고등학생이고 자퇴."

"확실해?"

뭐가 확실하냐고 묻는 건지. 그 한마디에 신경이 곤두섰다. 상대방의 불쾌한 목소리 때문에 끊고 싶지만 목표를 위해선 멈출 수 없다.

"아저씨가 와서 확인하시든가. 됐어요. 오라는 데 많으니까."

끊는 척 연기도 필요했다.

"아니, 아니. 잠깐만."

건너편의 목소리는 다급했다.

"그 편의점 자리는 이미 구했고. 다른 일은 어때?"

"편의점이 좋은데…. 것보다 편해요?"

"편하지, 진짜 편해. 꿀알바야. 그 집에서 먹여 주고 재워 주고."

어른들의 꼬락서니 하고는. 입술을 지그시 깨물었다. 속에서 천불이 끓었지만 참기로 했다.

"무슨 일인데요?"

"가사 도우미 같은 건데."

"헐, 대박. 그걸 내가 어떻게 해."

이런 말투가 십 대 말투는 맞을지 모르겠다. 가사 도우미라는 말에 나는 어이가 없었다. 제 방 청소도 제대로 못 하는 십대에게 가사 도우미라니. 분명 이상했다.

"집안일이 뭐 있나. 넌 그냥 편하게, 거기서 살면서 같이 밥 먹어 주고, 잠도 자고."

청소년에게 숙식을 해결하는 좋은 일자리는 없다. 성매매 냄새가 풍겨 왔다.

"면접 한번 볼래?"

"한 달 삼백은 맞죠?"

"그럼 그럼, 최소 삼백. 이런 자리 흔하지도 않아. 마침 전화 잘했어."

"면접 볼래요."

나는 무척 하고 싶은 목소리로 대답했다. 직업소개소의 위치 등을 설명 받고 전화를 끊었다. 통화 내용이 녹음되어 휴대폰에 자동 저장되었다.

점심을 걸렀지만 허기가 싹 가셨다. 편하게 벌 수 있는 돈은 세상 어디에도 없다. 하물며 로또에 당첨되기 위해서는 매주 로또를 사야 한다. 시간과 돈을 들여서. 돈을 편하게 벌 수 있다고 말하는 사람은 사기꾼 아니면 범죄자다.

다잡아 직업소개소는 용산역 뒤편 허름한 상가에 있었다. 내 구두 굽 소리만 을씨년스럽게 복도를 울리는 곳이었다. 201호 앞에 섰다. 문에는 '다잡아'라고만 적혀 있었다. 지나가던 사람들은 벌레 해충 방역 업체로 오해할 만했다.

소개소 문을 열고 들어가니 소장이 소파에 앉아 화투점을 보고 있었다.

"어떻게 오셨습니까?"

"어제 연락드렸던 고등학생입니다."

나는 당당하게 말하며 맞은편에 앉았다.

"고등학생?"

"네."

그는 경멸의 눈빛으로 나를 위아래로 훑어봤다. 얼굴로 보나 차림새로 보나 나는 성인 여자가 분명했으니까.

"어쩐지 화투가 지저분하게 떨어진다 했네, 에이씨."

그는 불쾌함을 노골적으로 내비쳤다.

"재수 없게 굴지 말고 가쇼."

"대체 먹여 주고 재워 주는 편의점이 어딥니까? 그렇게 좋은 데를 놔두고 힘들게 일해서 말이에요. 억울하잖아, 열심히 일한 내가."

"요즘 세상에 그런 데가 어딨나! 나이도 많은 양반이. 알거 다 알면서 남의 영업 방해하지 마."

"그러니까 당신도 어린애들 인생을 방해하지 말라고."

이런 불법에는 불법으로 대응해야 한다. 나는 조용히 경찰 신분증을 탁자 위에 올려놓았다. 내 입으로 경찰이라는 말은 하지 않았다. 경찰이라고 말하면 진짜 사칭이니까. 이것만으로도 효력이 있었다.

"어제 통화한 녹취 파일도 있고."

눈치 빠른 그는 언짢은 표정을 짓더니 화투점 치던 담요를 그대로 덮어버렸다.

"소장님, 한 번만 더 묻겠습니다. 그 편의점, 어딥니까?"

"저 진짜 모릅니다. 바지 사장이 뭘 알아요."

소장은 눈치를 보며 앓는 소리를 했다.

"가운데서 수수료 받으시는 분이 모른다는 게 말이 됩니까?"

"뭘 받아, 진짜 미치겠네. 월세도 못 내고 있는데. 요즘 먹고살기 진짜 힘들다니까."

"나비 문신."

그 말에 소장이 앓는 소리를 멈췄다.

"왜요? 문제 생겼나?"

소장이 아는 체를 했다. 걸려들었다.

"그 편의점에 나비 문신한 여자애, 보냈어요?"

소장은 대답할 듯 뜸을 들이다가 다시 딱 잡아뗐다.

"아뇨, 나비는 무슨."

"미성년자 성매매 알선이면 아시죠?"

"성매매? 내가 아무리 어려워도 그런 추잡한 짓은 안 합니다. 딸 가진 아빤데."

"딸이요?"

뻔뻔했다. 미성년자에게 안락한 잠자리를 운운하던 사람이 딸이라니.

"소장님. 나비도 귀한 집 딸입니다. 남의 집 딸을 아무 데나 보내시면 안 되죠. 누군가 따님한테 똑같이 하면 좋으시겠어요?"

가끔은 감정 호소가 통한다.

소장이 몸을 들썩였다. 뭔가 말하고 싶은데 보이지 않는 힘에 눌려 있는 듯 답답한 표정이었다. 입도 열릴 듯 말듯 옴짝달싹했다. 그 불안함이 고스란히 느껴졌다. 그러면서 눈짓으로 테이블 아래를 가리켰다. 슬쩍 내려다보니 도청 장치가 보였다. 나는 고개를 끄덕였다. 이해했다는 뜻이다.

모든 직업소개소가 불법을 행하지 않지만 꽤 많은 직업소개소에서는 '신뢰'를 바탕으로 해야 하는 일이 벌어진다. 대개는 돈과 관련된 더러운 신뢰겠지만. 보이지 않는 감시자가 있는 것이 분명했다.

소장은 갑자기 담요를 다시 펼치더니 화투를 꺼내들었다.

"화투 칠 줄 압니까?"

"그럼요. 카드로 하는 건 다 잘합니다."

타로 카드를 시작하면서 트럼프 카드점, 화투점도 어깨너머로 배웠다. 타로 카드를 가르쳐 준 타로 마스터 마야 선생님은 '모든 것으로 동시성의 원리를 알아차릴 수 있다'고 가르쳐줬다.

"온 김에 고스톱이나 치고 가쇼. 점심값이나 벌게."

농을 건네는 목소리였지만 그는 계속 눈치를 보냈다.

　　　　　　　　　　　　　　　　　　　마담 타로

화투를 치지 않으면 안 될 것 같은 분위기였다. 나는 고개를 갸웃 거리면서 떨떠름한 표정으로 자세를 바로잡았다.

"한 판만 치고 가."

"한 판이면 되는 거죠?"

"그렇다니까."

도청 장치 때문에 자세한 건 말할 수 없는 상황은 이해했지만 맥락 없이 고스톱을 치자고 하니 황당스럽긴 했다.

"딱 한 판입니다."

"오케이. 점 천."

"너무 큰데?"

"점 백 쳐서 언제 점심 사 먹나?"

그는 보란 듯이 화투 패를 섞었다. 한두 번 해 본 솜씨가 아니다. 화투 패는 손에 붙은 듯 착착 감겼다. 패를 다 섞더니 내게 나눠주기는커녕 그림이 잘 보이도록 반대로 쥐었다.

"가만있어 봐라. 오랜만에 고스톱을 치니까 이게 헷갈리네. 짝이 맞나 맞춰나 봅시다."

그는 도청 장치를 의식하고 일부러 소리를 높였다. 그러고는 너스레를 떨면서 화투 패를 골라가며 내 앞에 한 장씩 놓았다.

조커. 2월. 2월. 3월. 5월. 8월. 9월⋯.

소장은 10장의 카드를 협탁에 늘어놓았다. 화투의 그림은 열두 달을 의미한다. 조커. 2월. 2월. 조커는 뭘까?

타로 카드에서 바보는 조커이기도하다. 아, 조커를 '0'으로 치환하면?

02로 시작되는 유선 전화번호였다. 하마터면 '거기 번호구나'라고 말할 뻔했다. 나는 손으로 입을 틀어막았다. 그가 싱긋 웃었다.

"칠 거요? 말 거요?"

그는 일부러 거드름을 피우면서 출구 쪽으로 눈치를 줬다. 빨리 나가라는 뜻이겠지. 나는 일어섰다.

"아무래도 내기는 좀 걸리네요. 도박은 불법이니까."

"에헤이. 그럼 처음부터 안 친다고 하든가."

말투는 거칠었지만 그새 온화해진 눈빛으로 화투 패를 거두었다.

운명의 수레바퀴
THE WHEEL OF FORTUNE

　나는 다잡아 직업소개소를 나오자마자 그곳에 전화를 걸었다. 통화 연결음만 계속 반복되었다.

　스마트폰 포털 사이트 앱을 켰다. 검색창에 전화번호를 입력했다. 상호 검색이라도 나올 줄 알았는데 없었다. 몇 페이지를 넘기자 식당 예약 사이트에서 이 번호가 검색되었다.

　"닌카시?"

　수제 맥주 가게였다. 닌카시는 '맥주의 여신'이라는 짧은 설명도 눈에 들어왔다. 다시 '닌카시'로 검색했더니 '닌카시 드라이아이스 사건'이 눈에 들어왔다. 이 사건은 최근에 관내에서 일어났기 때문에 들어본 적 있었다. 거기가 닌카시였구나.

그곳은 마당에 야외 수영장이 설치된 독특한 펍이었다. 종종 아가씨들에게 들었던 곳이다. 주말마다 요란한 파티가 열린다고 했다. 열기가 뜨거워지고, 술기운이 오르면 손님들은 옷을 입은 채로 수영장에 뛰어들기도 한다며 즐거워했다. 그 사장은 유명한 '아가씨' 출신이었는데 스폰서를 잘 만나 화류계를 떠났다가 빈손으로 돌아왔다고 했다. 이 가게는 빚으로 개업했다고 아가씨들은 수군거렸었다.

이 사건은 여사장 생일날 일어났다. VIP 손님들을 초대하고, 드라이아이스를 수영장 물에 넣어 흰 연기가 뿜어져 나오는 특수 효과로 파티 분위기를 띄웠다. 술에 취하고 흥이 오른 여사장은 기분을 내려고 엄청난 양의 드라이아이스 모조리 수영장에 쏟아 부었다. 이내 수영장에서 엄청난 양의 연기가 뿜어져 나왔다. 처음에는 신비로운 분위기를 자아냈지만 잠시 후 모두의 시야가 가려졌다. 취기에 환호성을 지르던 손님들은 비명을 질렀다.

결국 연기를 과다하게 흡입한 두 명이 중환자실에 입원했다가, 한 명이 사망한 사건이다. 파티에 참여했던 유튜

버가 당시의 상황을 생중계했기 때문에 그나마 사건 정황을 상세히 알 수 있었다.

포털사이트의 〈닌카시〉 사건 기사 아래에 '여사장 사망'이라는 헤드라인의 기사가 또 있었다. 여사장이 경찰서의 조사를 받던 중 자택에서 사망했다는 기사였다. 당연히 사건은 종결되었다.

그런데 〈닌카시〉와 편의점과 나비는 무슨 관계지? 나는 서둘러 파출소로 발걸음을 옮겼다.

수경 선배는 〈닌카시〉 사건을 잘 알고 있었다.

"꽤나 복잡하지. 사장이 죽으면서 끝난 줄 알았는데, 한국 생명 보험조사팀에서 수사 의뢰했어."

그건 보험 사기가 의심된다는 뜻이다.

"병사로 처리된 사건인데, 가족이 받을 보험액이 상상 초월이거든."

"한 10억 해요?"

"그럼 다행이게? 보험사가 지급해야 할 보험금이 35억인 거야. 가입자는 세 달 만에 사망했고. 냄새 나지 않냐?"

"사인은 뭔데요?"

"지주막하출혈 의증. 의사가 확인했대. 사장은 자택에서 사망한 채로 발견됐고, 119 구급대원의 증언에 의하면 아직 사후경직도 일어나지 않았다고 해."

"사인이 밝혀진 사건이면…."

보험금 액수가 크다고 모두 보험 사기로 의심할 순 없다.

"의도적인 보험 사기로는 보이지 않아요."

"내가 아는 것도 여기까지. 더 궁금하면 담당 형사 연결해 줄까?"

"그러실 수 있어요?"

"당연하지. 담당 형사가 유한이니까."

"선배!"

"이봐. 감정적으로 나온 건 너야. 유한이 담당 형사인 건 어쩔 수 없는 사실이고, 필요한 사람은 너다. 나비가 그쪽이랑 연결된 거 같으면 유한에게 연락해 봐."

나는 바로 대답할 수 없었다.

"일단 사장이 죽었으니까 더 알아볼 수도 없죠. 나비가 거기서 꼭 일을 했다는 증거도 없고, 편의점도 아닌 맥주집이잖아요."

애써 좋은 쪽으로 해석했지만 마음 한편이 까끌거렸다.

"그럼 다행이지만. 사건 사고는 이 촉이 너무 잘 맞아."

수경 선배는 애꿎은 커피잔 손잡이만 만지작거렸다.

"어제 서에 들어갔다가 유한이랑 점심 먹었어. 양 마담 사건, 네가 도와줬다고 하던데?"

"제보가 있었어요. 화류계 사람들은 경찰을 가까이 안 하잖아. 그래서 대신 말해준거야."

"넌 남한테는 참 살가운데. 그치?"

그녀는 머뭇거리며 웃었다. 내 눈치 보는 게 빤하게 보였다.

"유한이한테는 이혼하고 한 번을 연락을 안 해? 가족이었으면서."

"…가족…."

참 오랜만에 듣는 말이다. 하지만 이제는 남보다도 먼 사이다. 남이라면 친절이라도 베풀 수 있지만 그에게는 그럴 마음이 전혀 없다.

"유한이하고 같이 다녔던 승우 알지?"

"알죠. 잘 지내죠?"

"너희 이혼하고 얼마 있다가 실종됐어. 승우 여동생이 사라졌는데, 동생 찾던 승우도 사라진 거야."

"승우 선배가요?"

"냉정하게 말하면 생활반응이 전혀 없어서 사망이나 다름없어."

"그런 이야기 못 들었는데…."

"누가 그 말을 직접 할 수 있겠니?"

처음 듣는 이야기였다.

"유한이가 그 일 때문에 많이 힘들어했다. 위에 대들다가 강등되고. 보기 안쓰럽더라."

"승우 선배 동생은?"

"아직."

"그런데 그 일이 왜요, 유한 형사랑 무슨 상관인데?"

"전혀 모르는구나. 둘이 맡았던 사건이 함정 수사라는 비난을 받았어. 납치된 동생을 찾기 위해 손님인 척하고 단란주점 들어간 게 문제였거든. 검찰도 언론도 경찰 탓을 했지. 위에선 이런 일에 민감하잖아. 유한이하고 승우를 몰아붙였고."

경찰과 검찰은 '함정수사'를 두고 늘 첨예하게 대립했다. 함정수사를 금지하는 취지는 알겠지만 경찰 입장에서 마약, 성매매, 도박 등의 범죄는 현장을 급습하기 쉽지 않다. 접근조차 어렵다. 함정수사가 아니라면 찾아내기 힘든 범죄니까.

"그러다 승우가 조폭 함정에 빠졌어. 지금은 실종 상태고. 유한이가 충격 많이 받았지. 그 일로 지금까지 힘들어하다가 사표를 내려고 했는데, 그날 널 경찰서에서 만난 거야. 전 부인이 경찰서에 잡혀왔으니 일단 사표는 집어넣고 내려갔다더라."

"그게 무슨 상관이야, 나랑."

애써 외면했다.

"걘 상관있지. 며칠 전까지만 해도 누나 법은 내 편이 아닌가 봐, 다 그만두고 싶어…. 그랬었는데 다행이지."

그 말을 듣는 순간 목덜미에 소름이 스쳐갔다.

"여보, 법은 내 편이 아닌가 봐."

엄마를 잃고, 아버지를 감옥에 보낸 뒤, 동생을 찾으면서 했던 말이다. 나는 누구의 도움을 받을 수가 없었다. 나도 피해자인데 파출소로 매일 쏟아져 들어오는 피해자들의 마음을 달래야 했었다. 그때 내 상태는 사막에서 견디다 시들어 죽은 선인장 같았다. 뾰족한 가시만 남긴 채 말라 죽은.

밤이 되어서야 〈아르카나〉로 돌아왔다. 심한 허기를 느꼈다. 당장 먹을 수 있는 건 식빵과 우유뿐이다.

흰 우유팩에 마스코바도 설탕과 시나몬 가루를 넣고 흔들었다. 우유팩 입구를 찢어 넓게 펼치니 달콤한 시나몬 향이 올라왔다. 식빵을 세로로 접어 우유에 찍었다. 시나몬 때문에 연한 갈색으로 물든 우유가 식빵을 타고 올라왔다.

두 입 정도 베어 먹었을 때, 문자 메시지가 도착했다.

「언니가 날 찾을수록 난 더 깊이 숨을 거야.」

서희였다. 앞뒤 잴 것도 없이 서희라는 생각이 들었다. 나는 놀라서 빵을 우유에 떨어트렸다. 다시 휴대폰 문자 메시지를 확인했다. 보낸 이의 이름도 없고, 발신자 번호도 휴대폰 번호가 아니었다. 그러니까 서희가 맞다.

늘 기다리던 순간이었는데, 막상 그 순간이 오니 무엇을 해야 할지 도통 알 수가 없었다. 심장만 터질 듯이 뛰었다. 식빵이 모두 젖어 우유 속으로 사라지고 나서야 카밀라가 떠올랐다. 전화를 걸었지만 받지 않았다. 문 잠그는 것도 잊은 채 신사동 룸살롱 〈로라바〉로 향했다.

"여기라고?"

카밀라의 명함에 적힌 곳을 찾아왔더니 유흥가가 아니라 주택가였다. 높은 담을 두고 널찍널찍 떨어진 고급주택가였다. 호젓해서 모르는 사람이 보면 '여기가 룸살롱 맞아요?'라고 묻는 내가 무색해질 정도였다. 방음 시설을 잘했는지 골목은 적막했다.

초인종을 눌렀지만 인터폰은 조용했다. 전원이 연결되지 않은 것 같았다. 정원에 드나드는 사람도 없는지 서성이는 내내 아무도 마주치지 않았다.

"저기요!"

"계세요?"

"여기요!"

나는 안을 기웃거리며 소리쳤다. 잠시 후 검은 양복 차림의 남자 두 명이 나왔다. 얼핏 보면 대기업 회사원처럼 말끔하게 보이는 이들이다. 그동안 봤던 조직폭력배 출신의 룸살롱 기도들과는 분위기부터 달랐다. 말투도 세련됐다. 하지만 경계를 풀지 않은 사무적인 말투였다.

"무슨 일이십니까?"

"마담을 만나러 왔는데, 지금 안에 있죠?"

"약속하셨습니까?"

"아뇨, 하지만."

"돌아가 주시겠습니까?"

그는 정중하게 거절하면서도 거칠고 위협적으로 내게 다가왔다. 물러설 수 없어 어떻게든 이겨보려고 했지만 마당에서 서너 명이 더 나오는 그림자가 보였다. 일을 크게 만들어 봤자 좋을 것 같지 않았다.

"마담한테 서희가 연락했다고 전해주세요. 예?"

하지만 그들은 대답하지 않았다. 한 번 더 소리 지르려고 할 때, 대문 옆의 주차장 문이 열리더니 검은 세단이 나왔다. 내가 계속 행패를 부릴까봐 아예 의전 서비스를 제공하는 것 같았다. 내쫓는 방법도 참신했다.

신사에서 논현으로 가는 길은 정체가 심했다. 내가 탄 세단도 멈춰 있었다. 백발이 성성한 기사 아저씨는 나를 '아가씨'로 생각했나 보다. 아가씨가 되고 싶어 무작정 마담을 찾아왔다가 쫓겨났다고 생각했는지 일장 훈계가 늘어졌다.

"화류계는 돈 버는 게 쉬워 보이지? 술 따르고, 웃음 팔고. 놀면서 돈 버는 거 같고."

나는 대답 대신 창밖으로 시선을 돌렸다.

"그런 더러운 돈은 처음부터 만지지도 마. 먹고살기 힘들다고 다들 화류계로 오나? 밑바닥부터 차근차근 벌어 올라가야지. 그러다 좋은 남편 만나서 의지하고 살아. 여자는 그게 제일 좋은 팔자야."

꽤나 한가한 양반인가. 남의 상황을 알지도 못하면서 충고하는 사람은 진절머리가 난다. 게다가 당신 월급이 어디서 나오는지 빤한 상황에서 화류계를 욕하는 것이 참 역설적으로 느껴졌다.

"여자가 밖에서 열 삽 뜨는 것보다 남자가 한 삽 뜨는 게 빠르다구."

하, 그럼 남편을 포클레인으로 하겠습니다. 그 말이 절로 떠올랐다.

"룸살롱 들락날락 안 하는 남자 만나서 내조 잘하고, 남들처럼 아이 낳고, 남들처럼 차근차근 집을 늘려 가는 게 행복이지. 아가씨 부모님을 생각해서라도 다시는 룸살롱에 오지 마. 다시는."

듣고 있자니 한마디를 안 할 수 없었다. 화나진 않았지만 불쾌했으니까.

"엄마는 돌아가셨고, 아버지는 감옥에 계세요."

나는 날카롭게 말했다. 머쓱해진 기사는 헛기침을 하더니 목소리를 높여 마지막 훈수를 하려는 것 같았다. 이제 그만 좀 하시지.

"그럴수록 더 잘 살아야 해. 부모님 봐서라도."

"아버지가 엄마를 죽였어요. 그래도 부모라고 잘해 드려야 할 텐데…. 영치금을 얼마나 넣어야 좋아하실까요?"

방심하고 있을 그에게 툭 던졌다. 이건 사실이니까. 그 말을 들은 운전기사의 눈이 커지는 것이 룸미러로 보였다. 적당히 하고 내릴 수도 있지만, 적당히 하고 싶지 않았다. 오늘따라 나도 날카로웠다.

"엄마를 찔러 죽였다고요. 그런 콩가루 집안에 동생은 가출까지하고. 기사님께서 저 좀 도와주실래요? 차곡차곡 올라가게?"

"…거, 남의 집 일은…."

운전기사의 목덜미가 붉어지는 것이 보였다.

"그렇죠, 남의 집. 당장 도와줄 수 없고, 해결해 줄 수 없으시면 그냥 가시죠, 조용히. 여기까지 오면서 기사님은 속도위반 두 차례, 신호위반 한 차례 하셨습니다. 경찰청 스마트 국민제보를 통해 교통위반 신고할 수 있지만 초면이니 경고만 하죠. 저 횡단보도 앞에서 내려 주세요."

차가 목적지에 도착할 때까지 운전기사는 입을 열지 않았다. 나는 차에서 내리면서 안전운전하시라는 말을 빠트리지 않았다. 그는 인사도 받지 않고, 인사도 하지 않은 채 급히 출발했다. 결국 아가씨들의 돈으로 마담에게 월급받는 운전기사 주제에 고고한 척하기는.

한바탕 쏟아 붓고 내렸지만 기분은 나아지지 않았다. 하필 내린 곳은 택시나 버스를 타기도 애매한 거리였다. 무작정 걷기 시작했다.

정의
JUSTICE

　〈아르카나〉 앞에는 케이크 박스를 든 남자가 서 있었다. 나를 찾아오는 손님이 아니라 그냥 지나가던 사람들이 가게 앞에 머물다 가는 경우가 있다. 그 앞이 다른 곳보다 어둡고, 영업 중인 상점도 아니니 종종 있는 일이다. 전화하는 뒷모습을 보니 여자 친구 생일이라 약속을 기다리는 중 같았다. 그런 사람들은 내가 아르카나로 들어가려고 하면 보통 자리를 비켜 준다. 그런데 이 사람은 내게 다가 왔다.

유한이었다.

"왜 이렇게 늦었어?"

그의 핀잔에 버릇처럼 '미안'이라고 말할 뻔했다. 약속도 없이 제멋대로 찾아와 놓고선 다그치다니. 대답 대신 그를 빤히 봤다. 팔짱까지 끼고서 일부러 방어적인 태도를 보였다. '강력하게 널 밀어내고 있다'는 몸짓이었지만 그는 아랑곳하지 않았다.

"생일 축하한다."

그가 케이크 박스를 내밀었다. 나는 그 조그마한 박스를 내려다봤다. 온 가족이 모여서 생일 축하하던 때가 언제였더라. 엄마가 돌아가시고 난 후에는 생일을 챙기지 않았다. 친모가 날 언제 낳았는지도 모르는데 생일이라니. 내가 태어날 당시 아버지는 내 존재는 모르고 있었다고 했다. 그러니 생일 날짜에 대한 신뢰가 없다.

"안 들어가. 이거만 주고가려고. 얼른 받아."

"그냥 가져가."

"내 생일도 아닌데 무슨 케이크. 저녁으로 먹든가."

그가 막무가내로 케이크 박스를 내게 안겼다. 혼자 저녁 한 끼로 먹기에는 양이 너무 많았다.

"들어와. 냉장고 없어서 오늘 다 먹어야 해."

그리고 물어볼 질문도 떠올랐다.

내가 케이크를 잘라 접시에 놓는 동안 그는 소파에 앉지도 않은 채 집 안을 둘러봤다. 신경 쓰였다. 괜히 밤 분위기에 취해 초대했나 싶어 후회됐다.

"여긴 어떻게 알고 왔어?"

"수경 누나가 말해 주더라."

"선배도 참⋯."

나비 사건에 대해 유한과 내가 할 이야기가 있지만 이런 식으로 만나고 싶지 않았다.

"아직도 생일 안 챙겨?"

"뭘 챙겨, 우리 나이에."

그는 내가 엄마의 친딸이 아니라는 사실을 모른다. 그냥 생일에 특별한 의미를 부여하지 않는 사람처럼 보였을 것이다. 그는 아버지 사건을 처리하느라고 바빴었다. 그리고 곧장 이혼했기 때문에 출생의 비밀에 관한 개인사를 말할 틈이 없었다. 말할 필요도 없었고.

나는 디카페인 커피와 케이크 접시를 테이블에 내려놓고 앉았다. 그도 따라 앉았다.

"닌카시 사건에 대해 뭘 물어보려고?"

그가 단도직입적으로 물었다.

"양 마담 사건 제보자에게 협조할 의사가 있거든."

이미 내가 부탁해야하는 상황인 것을 알고 온 터라 그

는 거드름을 피웠다.

"닌카시 사장, 보험금을 노린 살해는 아닐까?"

"타살 정황은 없어. 이화서의 친오빠가 자택을 방문했고, 동생이 쓰러져 있는 것을 발견했으니까. 구급대원이 도착했을 땐 이미 사망한 상태였고, 병원에서 확인한 사인은 지주막하출혈 의증이었지. 구급대원 말로는 사망한 지 몇 분 안 되는, 아직 온기가 있는 상태라 했어."

역시 그에게 물어보길 잘했다. 담당 형사답게 상세하게 알고 있었다.

"장례는?"

"치렀지. 유족이 부검은 원치 않았고, 다음 날 발인했어."

"이상한데? 바로 다음 날?"

"날수로는 이틀이지만 시간으로 따지면 12시간도 채 안 된 짧은 장례지. 부모보다 자식이 먼저 죽거나, 불미스러운 사고면 빨리 치르기도 해. 주변엔 알리지도 않고."

그렇긴 하다. 장례식을 짧게 치렀다는 이유로 보험 사기라고 단정할 수 없다. 게다가 당사자가 병사로 죽었다. 보험금을 노리고 배우자가 고의살인을 저지르는 경우는 많다. 하지만 그녀는 미혼이다. 또한 타살이었다면 그 정황이 있고, 경찰에서 계속 조사했을 것이다. 하지만 병사다.

타살이 아니라고 생각해 보자. 보험금을 얻기 위해 자

살을 한다고? 앞뒤가 맞지 않는다. 죽은 후에 무슨 돈이 필요했을까? 노잣돈이라도 필요했나? 실소가 나왔다. 의자 깊숙이 몸을 기댄 채 눈을 감았다. 머리가 지끈거리기도 했다. 나비에 대해 물어볼 사람이 사라졌다. 다른 방법을 찾아야 할까?

아니, 분명 나비는 닌카시에 취업했을 것이다.

"혹시 닌카시 직원 중에 나비, 실명은 모르겠고, 나비 문신을 한 친구는 없었어?"

"폐업했는데 직원이 어딨냐?"

"뭐? 그럼 파티는 뭔데?"

"사건 당시 바는 폐업된 상태였고, VIP만 초대해서 파티를 연 거더라고. 그날 알바생들은 모두 단기 알바였어. 문신? 글쎄다. 알바생 전부를 만나봤는데 특이한 외모를 한 사람은 없었어."

작은 단서라도 기대했던 나는 기운이 빠졌다.

"룸살롱 주방에서 일하는 줄 알았는데. 아가씨들에게 타로 봐준다며?"

"응."

길게 설명하고 싶지 않았다. 어차피 날 이해하지 않을 테니까.

"서희 찾으려고?"

놀란 나는 그를 쳐다봤다. 당신이 그걸 어떻게 알았지?

"타로 카드로 찾을 수만 있다면…."

그는 커피잔 손잡이를 만지작거리며 말했다.

"…내가 덜 미안할 거 같다. 커피 잘 마셨다. 늦었는데
문단속 잘하고 자라, 간다."

내 인사는 받을 생각도 없었는지 그는 서둘러 나갔다.
올 때도 마음대로더니 갈 때도 마음대로다.

그가 돌아가고 혼자 커피를 몇 모금 더 마셨다. 서희가
보낸 문자 메시지를 다시 봤다.

'타로 카드로 찾을 수 있다면….'

유한의 목소리가 계속 머릿속을 맴돌았다. 결국 타로
카드를 집어 들었다. 닌카시 사건은 어떻게 일어난 것인
지 알고 싶었다. 타로 카드를 섞고 세 장을 뽑았다. 펜타
클 3, 펜타클 5, 펜타클 6 카드가 뽑혔다.

공교롭게도 모두 펜타클, 즉 동전이 들어가 있는 마이너 카드였다. 강하리 사건은 모두 소드, 즉 검 카드가 나온 것과 대조적이었다.

"돈?"

생각할 것도 없이 돈 문제였다. 병사가 아니라 정말 보험 사기라는 건가? 어쩌면 병사라는 사실 때문에 사건의 본질에 다가가지 못하고 있을 거란 생각이 들었다. 병사는 얼마든지 위조될 수 있다. 병사라는 고정관념에 빠져서 이 사건을 보고 있긴 했다. 이걸 전형적인 보험 사기라고 생각해 보자.

첫 번째 카드인 펜타클 3 카드를 집어 들었다. 세 남자가 건물 안에서 건축 설계를 하는 모습이다. 건축가인지 조각가인지 모르는 남자가 의자에 올라가 있다. 나머지 두 사람은 설명을 듣고 있다. 이걸 보험 사기라고 바꿔 생각해보자. 이들은 은밀하게 사건을 설계하는 중이다. 치밀하고, 완벽하게. 그리고 타로 카드에는 수비학을 사용하기도 한다. '3'은 완성을 뜻하는 숫자다. 종합하자면 보험 사기의 완벽한 완성을 의미하는 것일까?

이번에는 펜타클 5 카드를 집었다.

이 카드는 일명 성냥팔이 소녀 카드로 불린다. 이 카드 속 두 사람은 눈이 내리는데 신발도 없고, 허름한 차림으로 성당처럼 큰 건물을 지나고 있다. 그 모습이 딱 성냥팔이 소녀를 닮았다. 게다가 화려한 스테인드글라스 건물 때문에 이들이 더 초라해 보인다.

카드 속에서 거리를 헤매는 두 사람을 보고 있자니 유흥가를 어슬렁거리던 나비와 그 친구들의 모습이 뇌리를 스쳤다.

'설마, 나비가?'

아니다. 보험사기를 위해서 나비를 납치할 이유가 없다. 혹시 성매매나 장기매매 사건이라면 납득할 수 있겠지만. 살아 있는 타인을 사건에 끌어들이는 건 매우 위험도가 높아진다. 입단속하기도 어려울 것이다.

일단 불안한 마음을 떨쳐 내기로 했다. 집중만 떨어트릴 뿐, 아무런 도움이 되지 않으니까. 그럴수록 나비 생각이 더 떠올랐다.

마지막 카드에 집중했다. 천칭을 든 부자가 무릎 꿇고 있는 사람들에게 돈을 나눠 주고 있다. 카드 설명에 따르면 지배하는 사람과 지배받는 사람을 암시한다. 보험사기 프레임으로 본다면 사기를 설계한 사람이 조력자들에게 수익을 분배하고 있다고 해석할 수 있다.

지금 뽑은 타로 카드의 흐름으로 본다면 이 사건은 금전적인 문제가 맞다. 병사보다는 돈이 얽힌 보험 사기일

확률이 높다. 하지만 모두 소설일 뿐. 단서도 없고, 나는 경찰이 아니다. 이 소설의 주인공이 나비가 아니길 바랄 뿐이다. 펜타클 5 카드가 자꾸 눈에 밟혔다.

나비야, 넌 괜찮은 거지?

오늘도 파출소로 출근했다.

"아주 매일 출근하십니다."

수경 선배는 팔짱을 끼고, 커피를 마시고 있던 나를 찬찬히 쳐다봤다.

"왜요? 지나가던 시민이 좀 쉬었다 가면 안 되나?"

"왜 안 되나요? 시민의 쉼터, 시민의 둥지, 시민의 안전지대인데요. 마음껏 쉬세요."

"이럴 때 세금 낸 보람이 있다니까."

"너 어디 가서 경찰 사칭하고 다니는 건 아니지?"

"선배. 내가 그럴 사람으로 보여?"

"응. 사건 해결을 위해서는 수단과 방법을 안 가리는 네 성격 때문에 그렇게 보여. 경찰복 빌려줄까?"

"진짜? 그래도 될까?"

"농담을 다큐로 받니?"

"선배야말로 내 사생활은 없는 거지?"

"무슨 뜬금없는 소리야."

"언제부터 유한 선배랑 나를 공유하는 사이였어?"

그녀는 휘파람을 불며 딴청을 했다.

"내가 나비 사건만 아니었으면 그냥 돌려보내는 건데."

그가 생일 케이크를 들고 와, 축하해줬다는 말은 빼놓았다.

"사건 브리핑은 제대로 받았어. 그건 선배에게 고맙고."

휘파람을 불던 선배는 내 곁에 찰싹 붙어 앉았다.

"그렇지? 나도 너 때문에 그 사건 여기저기 알아봤는데…. 내가 현금 35억을, 죽을 때까지 벌 수 있을까? 이 공무원 월급으로?"

나는 고개를 저었다. 엄청난 비리를 저질러도 손에 못 쥘 금액이다.

"절대."

"그렇지. 그런데 35억을 준다고 하면? 난 무덤에서도 벌떡 일어날 거야. 만져 보고는 죽어야지. 그 돈이 어떤 돈인데. 아깝지 않겠니?"

"당연하지. 그 돈을 두고 어떻게 죽겠어?"

그런데 잠깐!

"선배, 만약에 죽지 않았다면?"

"뭔 소리야?"

"당사자, 이화서가 죽지 않았다면 말이야…."

"자기 보험금, 자기가 받겠지. 어머, 어머!"

그제야 선배도 눈치 챈 모양이다. 나는 유한이 말해 준 정보들을 복기했다. 그중 119 구급대원에 대한 정보가 떠올랐다.

"선배가 같이 가 줘야 할 데가 있어."

나는 선배와 함께 소방서로 향했다.

마침 구급 대원들이 점심을 먹고 있었다.

"식사 중에 죄송합니다."

"아닙니다. 무슨 일로 오셨습니까?"

나는 수경 선배의 옆구리를 쿡 찔렀다.

"윤수경 파출소장입니다. 얼마 전 이화서 씨 자택으로."

소방대원들은 고개를 갸웃했다.

"워낙 출동이 많아서. 일지를 살펴봐야 정확한데…. 잠시만요."

"닌카시 수제 맥주 사장이요. 드라이아이스로 사고 났던."

내가 거들자 소방대원도 생각난 듯했다.

"기억납니다. 흔한 사건이 아니어서. 나중에 알았습니다. 사망자와 동일인이라는 걸."

"출동 당시가 기억나십니까?"

나도 모르게 수경 선배 말을 자르고 먼저 질문했다.

"그럼요. 도착하자마자 바이탈 체크를 했는데, 수치를 확인하기 전까지는 그냥 자는 것 같았습니다. 결국 현장에서 사망 판정을 내렸는데…. 시신은 여전히 온기가 있어서 오빠분이 사망을 받아들이지 못하셨습니다."

"따뜻했다는 게 무슨 뜻입니까?"

나는 어떻게든 단서를 찾아내기 위해 악착같이 물었다.

"사망 시간이 얼마 되지 않았다는 겁니다."

"직접 병원으로 이송하셨어요?"

"아니요. 사망자의 경우 특별한 사유가 있지 않으면 저희가 이송하지 않습니다. 가족도 그걸 원하셨고."

"그렇죠, 구조 활동이 주된 업무시니까. 환자는 사망했고. 구급대원들께서 더 이상 손쓸 일이 없으시죠."

눈에 띄는 정보를 얻어 내지 못하자 기운이 빠졌다.

"예, 병원 구급차가 바로 도착했습니다."

"혹시 이화서 씨 얼굴은 기억나세요?"

그래도 집요하게 물었다.

"특이해서 기억나는데요. 동안이라고 하죠? 어려 보이는. 나이가 많아 봐야 20대 중반? 사실 10대라고 우겨도 될 정도였습니다."

내 촉은 바짝 곤두섰다. 이화서는 30대 중반의 여성이다. 아가씨 출신이라 성형 수술을 하고 피부 시술을 했어도 10대까지 보이기는 힘들다. 최악의 경우가 자꾸 떠올랐다. 애써 떨쳐 내려고 했다.

"그리고 목, 목에 나비 문신이 있었습니다."

결국 피하고 싶었던 최악의 경우와 마주쳤다.

12

매달린 사람
THE HANGED MAN

나는 동산 병원으로 향했다. 수경 선배는 이 사실을 유한에게 알렸다. 유한은 자신이 도착하기 전까지 아무것도 하지 말라고 단단히 지시했다. 어길 경우 경찰 사칭으로 처넣겠다고 협박했다. 언어폭력을 몸소 보여주시다니. 아, 녹음했어야 했는데.

동산병원 로비에서 기다리자 유한이 도착했다.
"넌 뭔데 자꾸 경찰 사칭하고 다녀?"

"수경 선배랑 같이 갔고. 난 제보를 했다고, 제보자."

그럼 그렇지. 역시 우리 사이는 고성이 오가야 마음이 편하다. 케이크같이 달콤한 날은 그날 하루뿐이었다. 일단 저 남자의 성질을 참아야 한다. 부검의가 일반 시민인 제보자를 만나줄 리 없으니까. 유한의 뒤를 서둘러 따라갔다.

부검의는 이화서를 기억하고 있었다.

"목이랑 어깨, 가슴에도 나비 문신이 있어서 기억합니다. 어?"

서류를 살펴보던 부검의는 고개를 연신 갸웃거렸다.

"제가 검안서에 사인 불상으로 기재했었는데."

그는 자신이 적은 사인이 수정돼 있는 걸 발견했다.

"사인 불상이면 부검 없이는 화장 못하지 않습니까?"

유한은 내가 묻고 싶은 것을 먼저 물어봤다.

"맞습니다. 이게 어떻게 된 일이지…. 누가 이런 짓을 한 거야!"

그는 계속 서류를 신경질적으로 넘겼다. 만약 부검 서류를 조작하거나 고의적인 문제가 발견된다면 부검의는 입건 조사를 받을 수도 있다. 고의인지 아닌지는 경찰 수사를 통해 밝혀질 것이다.

확실히 문제가 복잡해졌다. 현재 상황으로 보아 구급대원과 부검의는 잘못이 없다. 이들은 애초에 이화서와 나비를 모른다. 둘의 시신이 바뀌었다고 해도 알 수 없다. 부검을 하지 않은 시신에 대한 기록도 없다. 가족인 오빠가 동생 시신임을 확인했기 때문에 이 사건은 미궁으로 빠졌다.

최악은 그 나비 문신 하나만으로 시신이 나비라는 사실을 밝혀낼 수 없다는 것이다. 내게 그녀 사진 한 장만 있었더라도 좋았을 텐데. 이런 미래를 알았는지, 그녀는 지독히도 사진 찍는 걸 싫어했다.

"지금은 너무 초라하잖아요."

다음에요, 다음에요, 라고 매번 미루더니. 이제 다음은 없어 보였다. 나비인지 아닐지 모를 소녀는 이미 한 줌의 재가 되었으니까.

복도로 나오자 긴장이 풀리면서 다리가 후들거렸다. 지금 나비의 나이가 서희가 사라졌을 때와 같은 나이여서 그런지 자꾸 동생과 겹쳐서 생각되었다. 서희도 저렇게 세상에서 사라졌다면 어쩌지? 며칠 전 보내온 문자는 다른 사람이 보낸 것이라면 어쩌지? 별별 생각이 들었다.

"당신 먼저 들어가. 나 로비에 앉았다 갈게."

"…그래."

그렇게 사라졌던 유한은 캔커피 두 개를 들고 돌아왔다. 그리고 나비에 대해 물었다. 나는 캔커피 뚜껑을 따지도 않은 채 그녀에 대해 브리핑을 했다.

"나비를 죽인 범인을 잡아야 해."

"나비 문신 하나만으로 이화서의 시신이 나비였다고 단정할 순 없어."

"알아. 하지만 모든 정황이 죽은 여자가 나비라고 말하고 있어. 나비가 소개받은 편의점도, 그 편의점이 닌카시였던 것도. 우리가 찾아야 해."

"이화서 사건은 보험사기 사건으로 전환돼 재수사에 들어갈 거다. 그 여자가 나비였는지 확인하는 건 다음 순서고."

"당신이 무슨 말을 하는지 아는데. 나비는 신고할 가족이 없어. 이민 갔대. 사라진 지 한 달이 넘었는데 아무도 찾지 않잖아?"

"우리가 모든 걸 해결할 수 없는 거 알잖아. 현실적으로."

"그렇지. 경찰은 신고한 사람만 도와주지, 그때처럼. 내가 착각했다. 경찰이 해결해 줄 거라는. 아주 잠깐 헛된 믿음을 가졌었네."

내 비아냥거림이 유한에게도 거슬렸을 것이다. 하지만 모처럼 그는 내 말을 듣기만 했다. 그리고 타일렀다.

"네가 언젠가 말했지. 경찰은 신이 아니라고. 너무 많은 걸 기대하지 마라."

말을 마친 유한은 일어섰다.

"알아. 경찰은 신이 아니야. 그래서 기도했어, 내가 신이 되게 해 달라고."

내 말에 나가려던 그가 멈춰 섰다.

"신이 못 오신다면, 내게 전지전능한 능력을 달라고."

나는 자조적으로 말했다. 그것이 어떤 능력일지는 나도 모른다. 동생만 찾을 수 있다면 악마와도 거래할 의향이 있다. 반드시 그 아이에게 해야 할 말이 있으니까. 꼭 만나야 한다.

유한은 선 채로 잠시 생각하더니 다잡아 직업소개소에 동행하자고 했다. 나는 기꺼이 응했다.

다잡아 직업소개소 소장은 뜻밖의 손님에 꽤나 당황한 표정이었다.

"아니, 이러시면 제가 곤란합니다. 진짜."

내게 하소연을 했다.

"몇 가지만 더 여쭤보려고 합니다. 걱정 마십쇼."

유한은 그를 안심시켰다. 불안한 소장은 연신 테이블 아래를 가리키며 눈치를 줬다. 내가 도청 장치에 대해 말해줬기 때문에 유한은 미리 준비해 온 녹음 방해 장치를 꺼내 놓고 작동시켰다.

"지금 이 시간부로 말씀하시는 모든 것은 그 어디에도 녹음되지 않습니다. 음성 해독이 불가능하게 바뀝니다. 걱정 마시고, 묻는 것에 대답해 주시기 바랍니다. 알려 주신 전화번호는 닌카시라는 수제 맥주 가게 전화번호입니다. 어떻게 알게 됐습니까?"

소장은 여전히 불안한 표정이었다.

"진짜로 녹음이 안 됩니까?"

유한은 자신감 넘치는 눈빛으로 상대를 진정 시키기 위해 힘차게 고개를 끄덕였다.

"네."

"정말요?"

"국정원도 씁니다."

유한의 그 말에 동의라도 구하는지 나를 쳐다봤다. 나는 고개를 끄덕거렸지만 국정원도 쓴다는 건 거짓말인거 같았다.

"이제 말씀해 주시겠습니까?"

녹음 방해 장치가 소장에게 믿음을 줬나보다. 그가 입을 열었다.

"그 가게를 하는 주인이."

"이화서요."

"이름은 모릅니다. 그 여자 사장님이 일이 바쁘다고 가사 도우미를 구해 달라고 했습니다. 젊은 사람으로. 아무래도 요즘 사람들은 가사 도우미도 나이 많은 사람을 별로 원하질 않아요. 젊은 사람들이 기계도 잘 다루고, 사생활 보호도 잘 이해하고. 그래서 그런가보다 했는데. 이게…. 일단 채팅으로 얼굴을 보고 고르더라구요. 좀 까다로운가 했습니다."

소장도 뭔가 께름칙한 걸 눈치 챈 표정이었다.

"그거 빼고는 사람이 그렇게 좋을 수가 없답니다. 일당도 후하고, 일도 안 시키고. 장사만 하니까 친구가 없다며 집안일 하지 말고, 대신 놀아 달랍니다. 처음에 보낸 여자는 조선족인데 한 일주일? 일을 참 잘했거든? 근데 여기 쫓아와서 내 멱살을 잡잖아. 너도 한패냐고. 얼마나 사납게 굴던지. 뭐가 문제냐고 나도 화를 냈지."

그는 숨을 돌리며 물 한 모금 마시고 말을 이어갔다.

"주인이 오후에 출근하잖아요, 이 도우미는 그때 퇴근하고. 막 퇴근하려는데 주인이 수고 많았다면서 보너스를 주더래. 오렌지 주스랑. 요즘 장사가 잘된다며 보너스를 주니까, 받았지. 돈을 마다하는 사람이 어디 있습니까. 주스를 몇 번이나 권해서 마셨는데 정신을 잃었다가 지하실에서 겨우 도망쳐 나왔다는데. 그땐 도우미 말을 안 믿었습니다. 주인 이야기랑 도우미 이야기랑 너무 달라서."

소장은 직업 소개를 하다 보면 별의별 사람이 많아서 대수롭지 않게 여겼다고 했다. 곧이어 미혼모를 소개시켜 줬는데, 아이를 보육원에 맡긴 딱한 사연이 있다고 했다. 이 여자는 출근 첫날 주인이 끓여 준 북엇국을 먹었는데 배탈이 나서 일당도 안 받고 그만뒀다고 했다. 월급도 후한 편인데 그깟 배탈로 그만 뒀다고 하니 소장 자신도 화가 났었다고 했다.

"막 화를 냈지. 직업소개소가 봉사 단체도 아니고. 저도 수수료를 받아야 먹고살지 않겠습니까? 좋은 자리라 일부러 소개시켜 줬더니 배탈로 그만두고. 근데 그 여자 말이 주인이 쳐다보는 눈빛이 무섭대, 기분 나쁘고. 꼭 감시하는 것 같은데 살아서 못 나갈 것 같은 느낌이 들더래. 그 여자 직감이. 그땐 나도 화가 나서 직감이고 뭐고 귀에 하나도 안 들어오더라고. 없는 년은 복도 제 발로 찬다고 욕을 했지. 그리고 나비 문신을 한 그 애를 소개시켜 준겁니다. 그런데 걔까지 실종된 걸 보니, 여자들 직감이 무섭긴 무서운가 봐."

소장은 누구 눈치를 보는지 말끝을 흐리며 두리번거렸다. 그냥 습관 같았다. 불법을 행하는 자들에게 일상의 행복이 있을까? 늘 눈치를 보고, 동태를 살피는 것이 삶이겠지. 한마디 잘못해서 다른 범행이 탄로 날까 봐 걱정하면서. 그래도 오늘은 그의 마음을 헤아리는 척하며 고개를 끄덕여 줬다.

수사 수첩을 적어 내려가던 유한은 다시 첫 질문으로 돌아갔다.

"가사 도우미 조건이 젊은 여자뿐이었습니까?"

"예, 별건 없었습니다. 키가 너무 작거나, 너무 큰 사람 빼고. 아, 너무 뚱뚱한 사람도 안 된다고 했습니다. 그리고 화상으로 면접을 봤고. 또 뭐가 있었더라…. 더 생각나는 건 없는 거 같은데…."

이화서는 평범한 여자를 구하고 있었다. 신체 조건이 너무 특이하면 눈에 띌 수 있기 때문에 '보통의 여자'를 구한 듯싶었다. 그리고 화상 면접으로 자신과 비슷한 이미지의 여자를 골랐겠지?

"혹시 구직자들 이력서 있나요? 증명사진이 붙어 있는."

나는 이번 사건을 해결하기 위해 나비의 사진이 필요했다. 지문도 없는 상황이라 구급대원과 부검의에게 사진으로라도 동일 인물임을 확인받아야 했다.

"없지. 어차피 화상으로 얼굴 다 보는데."

"면접 녹화본이나…."

"우리가 개인 정보에 예민해서 일절 남기질 않지, 그게 뭐든."

결국 빈손으로 나올 수밖에 없었다.

직업소개소를 나오자 건질 것 없는 이 상황이 허탈하고, 해결된 것이 없는 결과에 씁쓸했다. 돈을 위해서라면 목숨을 걸고 일해야 하는 사람들이 얼마나 많을까? 최소한의 안전장치도 없이 생계를 위해 일하러 나가는 이들의 안전은 누가 지켜 줄 수 있을까? 유한도 이제야 보험 사건의 실마리를 잡은 것 같았다.

"이화서는 가사 도우미가 아니라 시신을 찾았나 봐. 차라리 죽은 시신을 매수하는 게 더 편하지 않을까?"

그가 물었다. 내 생각은 달랐다.

"아니. 구급대원이나 경찰의 눈을 피하려면 이제 막 죽은 시신이 필요했을 거야. 현장에서 바로 살해하고 구급대원을 부르는 과감함이라니. 봐, 아무도 의심하지 않았어. 구급대원 진술도 시신은 따뜻했고, 아직 사후 강직은 일어나지 않았다고 말하고 있는걸 보면…. 전혀 의심하지 못했잖아. 시신이 따뜻해서."

"그래도 오빠는 이화서의 얼굴을 알 텐데?"

"그게 무슨 상관이야. 오빠도 한편인데."

내 말에 유한의 눈빛이 달라졌다.

"그렇지. 경찰과 구급대원들은 이화서의 얼굴을 몰라. 친오빠가 현장에서 동생이 죽었다고 하니, 그 시신을 동생으로 믿을 수밖에 없고."

유한은 그 자리에서 팀원들에게 전화를 걸어 장례식장 CCTV 확보, 부검의 진술, 이화서의 부검 기록, 보험 가입 경로, 이화서 친오빠의 사건 당일 통화 기록 조회 등을 다시 확인하라고 지시했다. 그리고 내게는 나비의 신상을 파악하도록 지시했다.

"그게…. 아무것도 없어."

"그럼 이화서를 잡는다고 해도 살인죄는 추궁할 수 없어. 대신 죽은 사람이 나비였다는 증거가 있어야 해."

"알아. 알아서 화가 나는데 방법이 없잖아, 지금."

"결국 범인을 잡아봤자 살인은 무죄가 되겠네, 젠장."

그의 날 선 말에 나는 고개를 끄덕였다. 벌써 판결문이 훤히 보였다.

피고인 이화서가 성명 불상자를 살해해서 자신의 시체로 가장했을 가능성이 없는 것은 아니지만, 성명 불상자의 신원이나 사망 원인을 알아낼 수 있는 단서가 없고, 피고인의 집까지 도달하게 된 경위를 입장한 단서가 없으므로 살해했다고 단정할 수 없다. 그러므로 피고인의 살인은 무죄다.

"어차피 소용없는 건가? 이화서를 찾는 게."

나는 헛웃음이 났다. 결국 손에 쥔 증거는 하나도 없지 않은가.

"아니. 소용없다는 걸 보여 주기 위해서라도 잡아야지. 살인죄가 크지만 그렇다고 다른 죄가 작은 건 아니다. 범죄는 범죄니까."

"하지만 이건 너무 불공."

불공평하다고 따질 참이었다.

"어차피 세상은 불공평해."

그가 먼저 말했다.

"언제나 불공평해서, 그걸 공평하다고 받아들이는 것이 나을 때가 있다는 걸 명심해."

"나보고 타협하라고?"

아니, 난 절대 그럴 리 없어.

"불공평으로 기울어 있는 저울의 받침점을 옮기는 게, 그게 경찰의 일이라고 생각해."

저울 타령은. 입술을 삐죽거렸지만 그의 고민이 느껴졌다. 미련하게 받침점을 혼자 밀고 있겠지.

며칠 뒤, 유한이 이끄는 강력 2팀은 '숨 쉰 채' 잘 지내고 있던 이화서를 부산에서 검거했다. 이화서뿐만 아니라 친오빠, 내연 관계인 유부남 보험 설계사까지 줄줄이 경찰서로 잡혀 왔다. 흔적도 없이 사라진 이화서가 짜장면을 시켰다가 위치가 탄로 났기 때문이다. 35억과 짜장면 한 그릇을 바꿔 먹은 그녀의 운명도 참 얄궂었다. 이제 나비만 찾으면 되는데….

나는 퇴근 시간 즈음 파출소에 들렀다.

"혹시 나비 소식 없었어요?"

수경 선배는 며칠 새 내 얼굴이 상했다며 걱정을 했다.

"그만하면 됐어. 지금 이 순간 도움이 필요한 사람들이 얼마나 많은 줄 알아?"

"하지만 혹시…."

혹시 모를 일이다. 그래서 가출 청소년들과 노숙인들을 대상으로 나비의 행방을 묻고 또 물었다. 혹시나 살아 있을지 모르니까. 세상에 나비 문신을 한 사람이 오직 나비뿐만은 아닐 테니까. 하지만 아무도 나비를 기억하지 못했고, 아무도 궁금해 하지 않았다.

유한이 이화서를 검거했다는 소식을 들은 후부터 마음이 더 급해졌다. 살인죄를 물으려면 나비의 머리카락이라도 찾아야 한다. 바꿔치기한 시신이 나비라는 증거, 그거 하나면 되는데. 그 하나를 찾기가 이렇게 어려운 것일까? 희망이 절망으로 바뀌자 발걸음도 무거워졌다. 결국 파출소에서도 단서 하나 얻지 못하고 나왔다.

다시 거리를 헤맸다.

새벽 두 시. 지하철역 앞은 황량했다. 북적이는 인파가 사라지자 도시의 쓰레기와 오물들이 적나라하게 보였다. 노숙자들은 지하철역 계단 아래 커다란 상자를 집 삼아 잠을 청하고 있었다. 저들 사이에 나비가 끼어 있다면 얼마나 다행일까? 하지만 우연이나 기적은 일어나지 않았다. 아무것도 알아내지 못하고 돌아가자니 펜타클 5 카드의 맨발로 돌아다니는 성냥팔이 소녀가 된 것 같았다.

온몸에 기운이 빠져 그 자리에 주저앉았다. 나와 만나지 않았다면 이런 일이 일어나지 않았을까? 어쩌면 룸살롱이 더 안전했을까? 답을 모르겠다. 학창시절 내내 정답을 찾아내는 공부를 했건만. 정작 인생은 늘 선택의 기로만 있을 뿐, 정답이 없다.

"야, 조서란!"

환청이 들렸다.

"조서란!"

고개를 들자 유한의 차가 도로에 서서 창문을 내린 채 나를 부르고 있었다.

"타!"

"괜찮아."

마지못해 일어나며 대답했다. 대답조차 귀찮았다.

"타라고!"

"조금 더."

찾아봐야 해. 나 아니면 나비를 찾는 사람은 아무도 없으니까.

"너 그러다 사고 나면 내가 마지막 목격자야. 격무로 바쁜데 진술까지 불려 다니면 꽤나 귀찮다고. 얼른 타."

나도 버티고, 그도 버텼다. 지나가는 차들이 그에게 경적을 울리며 지나갔다. 운전자들이 삿대질을 하고 욕설을 퍼부어도 막무가내로 버티는 게 보였다. 고집하고는. 타지 않을 수 없었다.

"집으로 갈 거지?"

그는 내 대답은 듣지도 않은 채 〈아르카나〉로 향했다.

"이화서를 어떻게 잡았는지 안 궁금해?"

"짜장면으로 잡았다며?"

"그래, 짜장면으로 잡았다. 됐냐? 그렇게 말해야 속이 시원하지?"

유한은 대충의 검거 과정을 설명하기 시작했다. 이화서의 사진을 구급대원과 부검의에게 보여줬더니 자신들이 본 시신이 아니라고 했단다. 수사는 원점으로 돌아갔고 보험사기 사건으로 전환됐다. 이미 다른 보험사는 보험금 2억을 지급한 상태였고, 한국 생명은 보험금 35억을 지급 보류한 상황이었다. 일단 지급된 2억을 누가 어떻게 받았는지 수사했더니 친오빠가 1억 5천만 원을 가져갔다고 한다. 5천만 원은 아버지에게 입금된 사실이 확인되었고.

"오빠는 공범이잖아?"

"그래서 오빠 계좌를 확인하니 거주지인 서울 월곡 4동 근처에서 주로 인출을 했어. 수상한 건 동시간대 부산 수영구에서도 인출이 일어났다는 거지."

"한 명은 통장으로, 한 명은 카드로?"

"맞아. 부산 수영구 남촌 1동 인근에서 집중적으로 인출했어. 어차피 이화서 본인은 사망 처리가 됐기 때문에 휴대폰을 차명이나 대포폰으로 개통했겠지? 둘은 연락을 해야 하니까. 오빠를 며칠 지켜봤는데 공중전화로 전화를 거는 것이 포착됐어."

"공중전화는 발신 번호를 추적할 수 있잖아?"

유한은 고개를 끄덕였다. 자동차가 정지 신호에 멈춰 섰다.

"발신 번호는 20대 남자 명의 휴대폰이었어. 특이점은 발신 이력이 없다. 즉, 수신만 했다는 거지. 그런데 유일한 발신 내역이 있었지. 짜장면 배달."

이렇게 덜미가 잡힌 이화서뿐만 아니라 사건에 가담한 오빠, 연인 관계였던 유부남 보험설계사, 대포폰 대리 구매자 모두 입건되었다. 하지만 살인죄에 대해서는 모두 발뺌하고, 함구하고 있는 상황이라고 했다.

"결국…."

나는 말을 잇지 못했다. 신호가 바뀌자 유한은 액셀러레이터를 힘껏 밟았다.

13

죽음
DEATH

"역시 짜장면은 배달이지."

성훈은 너스레를 떨며 탁자에 놓인 그릇들을 정리했다.
나는 커피를 내리며 핀잔을 주었다. 그는 벌써 나흘 동안
점심을 먹으러 아르카나로 왔다.

"여기가 구내식당이니? 휴게실이야?"

"선배, 나 좀 봐줘라. 이게 단체 합숙도 아니고, 같이 먹
고 자니까 너무 힘들다."

"그건 그래."

"이번 사건도 유한 선배랑 같이 풀었다면서요?"

"풀기는 내가 무슨. 난 경찰도 아니고 일개 제보자라고. 지나가던 시민."

"제보자가 보험 사기도 해결하고. 실력 좋네. 나 같은 경찰은 이제 그만둘까 봐."

내가 커피잔을 테이블에 내려놓는데 그가 두 손으로 턱까지 괴며 날 빤히 보며 말했다.

"그만두면?"

"그러게 뭘 먹고 사냐. 선배님, 저도 타로 좀 봐주십쇼."

"이럴 때만 님이 붙지?"

나는 흘겨보면서 타로 카드를 집어 들었다.

"뭐가 고민인데?"

"고민이야 많지. 계속 경찰을 해야 하나, 집은 살 수 있나, 결혼은 할 수 있나."

성훈이는 3개월 후 결혼식을 앞두고 있었다. 얼마 전 헤어졌던 연인과 다시 만났다고 했다.

"신부도 있는데 무슨 소리야."

"나도 회사 일이 들쭉날쭉인데, 그 친구도 야간 근무가 많고."

"간호사라고 했지?"

"응. 지방이라 자주 못 봐. 이 결혼, 해야 해, 말아야 해?"

나는 타로 카드를 섞고 여덟 장을 뽑으라고 했다. 그는 시키는 대로 신중하게 한 장씩 골라냈다.

"이 배열법은 상대방의 마음을 알아보는 스프레드인데 이렇게 하트 모양으로 배열하는 거야. 그래서 커플들에게 인기가 많아. 자, 카드를 볼까?"

나는 하트 모양의 가운데에 놓인 카드 한 장을 뒤집었다. 은둔자 카드였다.

노인은 수도승처럼 회색 천을 온몸에 둘렀다. 별이 들어있는 양초 랜턴을 든 채, 키만큼 긴 지팡이를 짚고 있는 모습이다.

"이건 두 사람의 현재 모습을 나타내는 카드야."

"뭐야. 너무 칙칙한데?"

"모습이 쓸쓸하고 고독해 보인다고 카드 뜻도 그런 건 아니야. 은둔자는 문제에 부딪혔을 때 피하지 않고 해결하려는 사람이기도 해. 혹시 둘이 사이가 안 좋아?"

"아무래도. 사실 그렇지 뭐. 경찰이 인기 있는 남편감은 아니잖아, 확실히."

"뭘 또 그렇게 비하를 해. 경찰이랑 결혼했던 전 경찰 앞에서."

"그런가?"

"경찰이니까 경찰 디스 봐주는 거다. 여자 친구 만날 때, 이 여자다, 이런 생각이 안 들어?"

"연애할 땐 다 그렇지. 운명의 상대다 싶고. 근데 요즘 들어 이 결혼을 해야 하나, 고민이 들더라고. 결혼하더라도 당분간 이렇게 주말부부를 해야 하는데. 주말이라고 안 나가나? 사건 터지면 경찰서에 살아야지. 그럼 그 친구에게 미안해지고."

"시민을 지키느라고 가정 지키기가 쉽지 않지."

"여자 친구는 그런 건 괜찮다고는 하는데, 뭘 몰라서 그래. 아이라도 낳으면 난 꼼짝없이 죄인인데. 이런 상황에도 결혼을 해야 하는 건지, 내 이기심은 아닌지…."

"때로는 물러나는 순간도 필요해."

"이 결혼, 하지 말까?"

성훈의 목소리는 진지했다.

"너무 극단적으로 생각하지 마. 이 은둔자는 내 안을 바라보는 여행 중일 거야. 연애로 치면 가슴속에 오래 간직한 인연 혹은 짝사랑에 대해 깊이 있게, 진지하게 고민하는 중이지."

그는 알 듯 말 듯한 표정을 지었다. 나는 식은 커피를 마시며 다시 카드를 내려다보았다. 아무래도 성훈이와 약혼자는 잠시 시간을 갖는 것이 좋겠다는 생각이 들었다. 하지만 이 말을 해야 할까? 결혼식을 앞두고 있다는 건 양가 인사도 나눴고, 집이며 혼수며 이미 준비한 것이 많을 텐데.

"처음 타로 카드를 배울 때, 같은 질문을 반복해서 물어보지 말라고 하거든? 그런데 새로운 일이 생기거나, 네 심경에 변화가 있으면 다시 카드에게 물어 보는 거야. 타로 카드는 아주 가까운 미래, 대략 6개월 정도의 짧은 미래를 예측할 수 있어. 그러니까 언제든 다시 찾아 와. 미래는 계속 변하고 있으니까."

"선배는 그 다큐병이 문제야. 타로 카드를 누가 믿어, 그냥 재미로 보는 거지."

"그렇게 생각하면 다행이고."

무거웠던 분위기가 한결 풀어졌다. 그때 출입문이 열렸

다. 안나가 가볍게 인사하며 들어오다가 성훈을 보더니 멈칫했다.

"안나 씨?"

성훈이 그녀를 알아봤다. 서로 아는 사이라고? 나도 놀라 안나를 쳐다봤다. 그녀는 곤란한 상황에 빠진 강아지 같은 눈빛이었다. 내가 먼저 나설 수밖에 없었다.

"안나 씨를 알아?"

"그럼 잘 알지. 여자 친구, 문영이 대학 동기서."

"안녕하세요?"

상황을 파악한 안나는 이내 당황한 기색을 떨쳐버리고 발랄하게 인사를 했 다. 그 사이 오히려 내가 머뭇거리게 되었다. 룸살롱 아가씨들은 일반인에게 직업을 속이는 경우가 허다하다. 이런 경우들이 머리로는 이미 알고 있는 내용인데 직접 눈앞에서 일어나니 뭐라고 대답해야 할지 혼란스러웠다. 차라리 타인이라면 편할 텐데 두 사람 모두 잘 아는 사람이라 나만 곤란했다.

"안나 씨도 타로 좋아하는구나. 선배, 다음에 또 올게."

성훈은 우리에게 깍듯하게 인사하고 자리를 비켜 줬다. 그가 나가자 안나는 숨이 넘어가게 웃었다.

"진짜 속았나 봐. 문영이한테."

"뭐?"

"경찰도 속이는 간 큰 년."

안나는 다리를 꼬고 앉아 습관처럼 전자담배를 꺼내려고 했다.

"금연."

"미안."

실실 웃던 그녀는 다시 허리를 꺾어가며 크게 웃었다. 저러다 호흡 곤란이 올 것 같아 걱정스러울 지경이었다.

"간호사 김문영. 유명해, 중학교 때부터 포주로 살았거든. 천하의 나쁜 년이었는데, 얘가 보육원에서 출신을 세탁했네? 제 부모 멀쩡히 살아있는데도 제 발로 보육시설 가서 돈 푼 안 쓰고 새로 태어났어요. 몇 명의 인생을 살고 있는 건지, 나 참."

"잘 아는 애야?"

"카밀라 마담이 데리고 있잖아, 신사동에서."

"문영이도 로라바 소속이야?"

"카밀라 최애. 최애 아가씨라고."

"그런데 병원 출근은 무슨 소리야?"

"언니도 아직 멀었네. 그년이 하는 말을 믿어? 회사 신분증? 그거 동대문 가면 못 구하는 회사가 없어."

아차 싶었다.

"그래도 간호조무사 자격증은 땄더라? 양심은 있어 가

지구. 밤에 룸살롱 뛰고, 낮엔 학원가서 공부하고. 우리들끼리 그랬지. 진작 그렇게 했으면 의대 갔겠다고."

"성훈이를 남자 친구로 만나려고 굳이 그렇게까지 해야 해?"

"걔가 성격이 그래. 눈에 보이는 스펙? 그딴 거 신경 안 써. 오로지 돈. 요 기집애가 돈 냄새는 기가 막히게 맡고 이 남자를 잡은 거지."

"아냐, 성훈이는."

"저 남자, 상속받을 재산이 꽤 되는데 몰랐구나. 저런 남자가 알짜야. 상류층 첩 자리보다 마음도 편하고."

듣고 있자니 가까운 후배에 대해 아무 것도 모르고 있던 내 자신이 한심했다.

"들키면 어쩌려구."

"걔도 계획이 다 있어. 일단 자식부터 낳는 거지. 나중에 봐라, 어떻게 애들 엄마를 내쫓겠어. 집안 어른들도 과거는 다 묻자고 할 걸? 그래서 이런 부자가 알짜 신랑감이야. 그러니까 절대 저 남자한테 룸살롱 얘기하면 안 돼."

"너도 입조심해. 난 지금 네가 한 이야기 듣지도 못했고, 알지도 못하는 이야기다. 알았지?"

"오케이!"

안나는 엄지와 검지로 동그라미를 그리며 윙크를 했다.

마담 타로

"그런데 이 시간에 무슨 일이야? 점심은 먹었어?"

"아니. 이따, 데이트 있어."

그녀는 휴대폰으로 문자 메시지를 주고받으며 대답했다.

"누구랑?"

"맞춰 봐."

"그 변호사?"

현상수배범 말이다.

"아니거든. 비밀입니다요."

"참, 신고는 했니?"

"신고하기 전에 도망쳤더라. 와, 상간남으로 이미 유명
한 호스트였어. 난 진짜 감쪽같이 속았다니까. 내가 어떻
게든 잡아서 경찰서에 넘길게."

"위험하면 언제든지 경찰에게 도움을 청하고."

"나한테 경찰이 더 위험해. 뭐가 유죄고 뭐가 무죄인지
너무 잘 아니까. 내가 가끔 불법도 하거든."

"알긴 알아?"

"모르는 줄 알았어?"

농담에도 뼈가 있었다.

"사실 카밀라 마담 심부름 온 거야. 며칠 전에 찾아갔었
다며?"

"응. 만나지는 못했어."

"너무 잘나가지, 우리 마담 언니. 나도 만나기 힘들어. 이거 전해 주라고 하더라."

안나는 서류 봉투를 건넸다. 열어 보니 그 안에는 손바닥만 한 빨간색 노트가 들어 있었다. 꺼내서 펼쳐 보니 일기장이었다. 날짜는 서희가 집 나가던 해에 머물러 있었다. 일기장을 쥔 손이 떨렸다.

"다른 말은 없었어?"

안나는 고개를 끄덕였다.

"언니 동생 일기장이지?"

그녀는 내 눈치를 살피며 조심히 물었다. 안나는 서희를 모르지만, 카밀라를 소개시켜 준 장본인이다. 내가 카밀라를 찾는 이유가 동생 때문이라는 것은 알고 있다.

"…근데 찾지 마."

안나는 마스카라로 속눈썹을 칠하면서 무심히 말했다.

"나도 언니가 있거든? 나보다 엄청 잘나신 언니가 있어. 미국 유학 중이고, 미국에서 의사가 될. 나랑 완전 다르지? 내가 어렸을 때 언니한테 그랬어. 결혼 행진곡은 내가 꼭 연주해 줄게. 그런데 나를 봐. 내가 갈 수 있을까? 갔다가 손님이라도 마주치면? 내 손님이 하객으로 올 수도 있잖아. 절대 안 가. 못 가지. 아가씨로 일하면서 본가에도 안 갔어. 혹시라도 들킬까 봐. 그래서 우린, 그냥 우리끼리 있는 게 편해. 숨기는 거 없고, 죄지은 기분 안 느껴도 되니까."

"언니한테 물어봤어?"

"그런 걸 뭘 물어봐."

마스카라를 끝낸 안나는 립스틱으로 입술을 칠했다. 붉은 벽돌색 색상이 입술 위에 얹어졌다. 내 말은 듣기나 하는 건지.

"내가 언니라서 아는데. 나라면 결혼 행진곡을 부탁할 거야. 내 동생이 아가씨든, 남자로 성전환을 했든 상관없어. 너희 부모님도, 언니도 마찬가질 거고."

"교과서 같은 대답 필요 없습니다. 머리로는 그런 말 할 수 있어도 막상 닥치면 힘들걸?"

"…그럴까…, 난 아닐 거 같은데."

"언니 결말은 해피엔딩일지 몰라도 내 인생은 늘 새드엔딩이야. 우리 엄마, 아빠? 다신 나 안 찾을걸? 없는 자식으로 생각하라고 악을 쓰고 올라왔거든. 나 찾으면 죽어 버릴 거라고 협박했어. 이렇게 살 거면 효녀인 척하는 것보다 나쁜 년이 나아. 돌아올 거란 기대를 남겨 놓는 것도 불효라구."

화장 수정을 마친 안나는 산뜻하게 일어났다.

"난 심부름했다."

"고마워. 근데 카밀라는 왜 그렇게 까다로워? 양 마담 사건 끝나고 보자고 하더니."

"그 언니가 요즘 물 들어와서 그래. 비이비이비이- 아이피님들께서 서로 카드 긁겠다고 줄 섰잖아. 당분간 외출이 힘드니까 나한테 심부름 시켰겠지. 언니야말로 상담은 언제 시작할 거야?"

"곧."

나는 앉은 채 그녀를 올려다보며 말했다. 이제 스무 살, 참 예쁜 아이였다.

"돈은 많이 모았니?"

"모았겠어? 꾸밈비, 의상비, 피부 관리, 성형 수술비. 여긴 이상한 곳이야. 돈을 많이 투자할수록 수입이 늘어. 이상하지? 뉴스에서는 경제 위기다, 중산층이 무너졌다고 하는데 여긴 돈이 넘쳐나. 다들 미친 거지. 난 간다."

여느 대학생처럼 가벼운 발걸음으로 사라졌다.

이제 나와 서희의 일기장만 단둘이 남았다. 어떤 원망이 남아 있을지 걱정됐다. 이런 결과를 알았다면 그때 집을 나갔을까? 내가 나가지 않았다면 사건이 벌어지지 않았을까?

편두통이 시작됐다. 쪼개질 것 같은 머리통을 두 손으

202   마담 타로

로 붙잡고 견뎠다. 약을 가지러 가는 그 찰나에도 머리통이 깨질 것만 같았다. 사방이 어두워졌다. 시야가 어두워진 걸까? 고개를 살며시 드는데 요란한 소리가 귓속을 파고들었다. 소나기다. 빗줄기가 유리창을 때렸다. 얼마나 굵은 빗줄기 인지 창문에 물그림자가 드리웠다.

다행히 빗소리에 두통은 씻겨 내려갔다. 이제는 동생과 마주할 시간이다. 첫 장을 넘기기가 어려웠을 뿐. 읽기 시작하자 멈출 수가 없었다. 동생 꿈은 아이돌 데뷔가 아니었다. 배우가 되기 위해 아이돌 데뷔는 발판으로 삼을 셈이었다. 학교 연극반에서 연습한 이야기, 배우가 되기 위해 연기론 책을 읽었는데 어려웠다는 이야기, 그리고 길거리에서 캐스팅된 이야기까지. 한 치의 의심도 없이 서희 것이었다. 이응을 유난히 크게 쓰는 서체만 봐도 그랬다.

숨을 고르고 다시 한 장을 넘기다가 놀라서 수첩을 떨어트렸다.

동생은 이미 자신의 친부에 대해 알고 있었다. 누구에게 들었는지, 어떻게 알게 되었는지 적혀 있지 않았다. 나보다 먼저 출생의 비밀을 알게 된 서희는 친부를 찾기 위해 백방으로 수소문하고 다녔나 보다. 연기학원비를 심부름센터 요금으로 지불했다며 속상하다고 적기도 했다.

그걸 읽고 있자니 괘씸한 마음이 들었다. 넌, 나보다 먼저 알고 있었다고?

다음 페이지를 넘기자 찢어진 페이지가 나왔다. 일기장 귀퉁이인데 찢어진 부분 위쪽으로 '친아빠 연락처'라는 글자가 가로로 절반만 보였다. 그 아래쪽에 적혀있었을 연락처는 찢겨나간 채였다. 서희는 대체 무슨 생각을 하고 있었던 걸까? 아버지는 엄마의 전남편에 대해 아는 것이 전혀 없으니, 이제 와서 찾아가 봤자 소용없다. 물어볼 사람도 없다는 것은 괴로운 일이다. 내가 알고 있던 모든 것이 송두리째 부정당하니 가슴이 꽉 막혀버렸다.

일기는 거기까지였다. 그리고 뒷장에는 엽서가 끼워져 있었다. 같은 필체로 정성껏 눌러쓴 글씨다.

「언니. 엄마는 나 때문에 죽었어. 내가 죽인 거야. 날 찾으면 언니도 죽게 될 거야. 절대 찾지 마. 난 어디서든 잘 있으니까.」

그런데 카밀라는 이 엽서를 어떻게 받았을까? 혹시 서희는 지금 카밀라가 데리고 있는 아가씨 중에 있을까? 전력질주라도 한 것처럼 심장이 뛰었다.

서둘러 휴대폰에서 카밀라의 전화번호를 찾았다. 역시나 받지 않았다. 그곳 아가씨들은 외부 미용실도 이용하지 않는다. 마치 연예인처럼 전담 미용사와 메이크업 아티스트, 의상 코디가 있다. 밖에 나올 이유가 없다. 그쪽 아가씨들은 타로 카드 핑계를 대도 만나기 힘들다는 뜻이다.

그래도 혹시 모를 기대감에 신사동으로 향했다. 여전히 〈로라바〉의 대문은 굳게 닫혀 있었다.

안나에게 전화를 걸었지만 마찬가지였다. 계속 전화를 받지 않았다. 문자를 보내도 답이 없었다. 무슨 일이 있어도 잠수를 타거나 전화기를 꺼놓지 않는 아가씨라, 이상하단 생각이 들었다. 〈타임〉에 전화를 했다. 마담은 영업시간이 한참 지났는데도 안나가 오지 않았다고 짜증을 냈다. 나는 전화를 끊고 그곳으로 향했다. 여전히 마담은 잔뜩 화가 난 채였다.

"안나 이년도 다른 년이랑 똑같아."

하필 바쁜 날 결근이라면서.

"이런 경우는 딱 두 가지야. 남자한테 미쳤거나 돈에 미쳤거나."

결근한 지 몇 시간도 지나지 않았는데 마담은 안나가 도망이라도 친 것처럼 단정 지었다.

"사고 난 거 아닐까요?"

"사고 났으면 경찰한테 연락이 왔겠지. 이런 건 뻔해. 나도 그래 봤고."

이곳 생리가 그렇다고 해도, 오후에 만난 안나는 평소와 다를 바가 없었다.

"혹시 또 모르지."

마담은 안나가 간 곳을 알고 있을까? 기대를 했지만.

"죽었는지."

"예?"

"뭘 그렇게 놀라. 죽도록 일하거나 죽어 버리거나. 둘 중 하나겠지. 담배 끊는 게 쉽지, 돈 끊는 거 쉽지 않아."

마담은 전자담배 한 대를 다 피우고는 바쁘다며 들어갔다.

다음 날, 안나 집으로 향했다. 안나와 함께 살고 있는 룸메이트 아가씨의 타로 카드를 봐주기 위해 가 본 적이 있었다. 그녀도 카밀라와 함께 일했던 동료였다. 지금은 부산으로 이직하여 안나 혼자 살고 있었다.

대한빌라는 옛날식 빌라라 엘리베이터도 없었다. 계단으로 올라와 301호 출입문에 섰는데 숨이 찼다. 초인종을 눌렀다. 고장 났는지 소리가 안 났다. 문을 두드렸다.

"안나야!"

인기척은 없었다. 다시 문을 두드렸다가, 이름을 부르기를 몇 차례 했다. 휴대폰으로 전화도 걸어 봤지만 집 안에서 벨소리가 들리지는 않았다. 발걸음을 돌렸다.

전화 벨소리에 잠에서 깼다. 창밖이 푸르스름한 걸 보니 아직 새벽녘이다. 이 새벽에 누구지? 발신자를 보니 수경 선배였다.

"여보세요?"

"너 대한빌라 왔었니?"

"응. 그건 왜?"

"빌라 출입구에 타로 카드 열쇠고리가 떨어져 있어서."

아, 가방에 붙여 놓은 여사제 타로 카드 열쇠고리가 떨어진 모양이다.

"여사제 카드?"

"난 카드를 모르니까 그것까진 모르겠고. 근데 여자는 맞아. 발로 초승달을 누르고 있는."

"맞아, 여사제. 그럼 내 꺼 맞는데. 선배는 왜 거기 있어? 순찰 돌아?"

"아니, 현장이야."

현장이라는 단어에 정신이 아득해졌다.

"무슨 현장?"

"살인."

"몇 호?"

"왜? 아는 사람 있어?"

"301호는 아니지?"

"어떻게 알았어? 귀신이네. 맞아, 301호."

나는 벌떡 일어났다. 오후 내내 서 있었던 안나의 집 앞 풍경이 파노라마처럼 스쳐갔다. 그럼 내가 찾아갔던 그 순간 안나는 죽은 채 있었다는 걸까? 아니, 죽는 중이었을까? 침대에서 누워있을 시간이 없다. 옷을 갖춰 입을 새도 없이 그대로 현장으로 달려갔다.

한 번도 쉬지 않고 대한빌라까지 달렸다. 숨이 차올랐지만 빌라의 좁은 주차장을 가득 메운 경찰차를 보자 숨이 내려갔다. 가슴이 서늘해졌다.

빌라 앞에는 이미 이웃 주민들이 나와 구경하고 있어 복잡했다. 사건 현장인 301호까지 출입하기도 힘든 상황이었다. 수경 선배에게 전화를 했다.

"선배, 나 현장 왔어. 지금 어디야?"

"뭘 직접 와. 파출소 복귀하는 길에 주고 가려고 했는데. 기다려."

잠시 후 선배가 내려왔다.

선배는 숨을 몰아쉬고 있는 나를 보고 의아한 표정을 지었다.

"뭘 그렇게 급하게 왔어?"

"선배, 301호 확실해? 살인 확실하냐고!"

선배를 잡은 손에 힘이 들어갔다. 아니라고, 말해. 제발, 아니라고.

"맞아, 301호. 아는 사람이니?"

그녀가 조심스럽게 물었다. 내 상태가 심상치 않음을 느꼈겠지.

"지금 형사들하고 감식반이랑 현장 조사 중인데, 출입구 앞에 이 타로 카드 열쇠고리가 발견됐잖아. 네 것 같긴 한데 혹시 몰라서. 현장 오염시키면 안 되잖아, 살인 사건인데."

그 말들이 머릿속에 들어오지 않았다.

"나 좀 데리고 들어가."

"조서란. 무슨 일인데? 왜 그래."

"안나, 본명은 모르겠어. 룸살롱 아가씨야."

"확실해?"

나는 고개를 끄덕였다. 수경 선배가 내 손을 잡고 현장으로 향했다.

막상 현관문을 넘으려니 가슴이 조여 왔다. 항상 끔찍한 사건 사고를 접하는 경찰이었지만 매 순간마다 적응이 안 됐다. 누구든 현장을 마주하면 피하고 싶어질 것이다. 하지만 지금 그녀를 위해 달려올 가족은 멀리 있다. 언니는 유학 중이고, 지방에 사는 가족은 아직 출발도 하지 않았을 것이다. 사건을 파악하고, 신원 조회를 한 후에나 연락이 갈 테니까. 심호흡을 하고 현관문을 넘었다. 일상과 사건 현장은 늘 한 발자국 차이다.

실내는 7평도 안 되어 보이는 전형적인 원룸이다. 외형은 오래된 빌라였는데 내부는 인테리어가 잘된 곳이었다. 벽지, 바닥, 가전제품이 모두 흰색 계열이라 넓어 보이기도 했다. 모든 것은 제자리에 단정하게 놓여 있었다. 책꽂이에는 악보와 전공 서적이 가득했다. 디지털 피아노도 보였다. 전에 방문했을 때는 없었던 것들이었다. 그동안 내가 안나에 대해 오해하고 잘못 알고 있었다는 생각이 들었다. 디지털 피아노 위에는 멘델스존의 결혼 행진곡 악보가 펼쳐져 있었다.

문제는 바닥이다. 상아색 포세린 타일 위로 검붉은 피가 흥건했다. 얼핏 보기에도 상당한 양의 고인 혈흔이었다. 거기에 이탈 혈흔과 누적 혈흔으로 현장은 참담했다. 복부에 자상을 입은 안나가 누워 있었다.

"맞니? 이 사람."

수경 선배가 내 표정을 살폈다. 나는 인정하고 싶지 않은 현실과 마주했다.

"응, 맞아."

선배가 탄식했다. 어쩌면 좋니, 어쩌면.

"누가 발견했어요?"

목이 멘 소리로 물었다. 눈시울이 뜨거워졌지만 손등으로 훔쳐버렸다. 지금 이런 애도는 아무런 도움이 되지 않는다. 사건을 해결해야 한다. 그게 급선무다.

"회사 직원이 신고했어."

아마 〈타임〉 기도들이겠지. 마담은 안나가 빚을 안 갚고 잠적했을 거라고 생각하고 사람을 보냈을 것이다. 보나마나 무단 침입으로 들어왔겠지. 최초 발견자는 충격으로 병원에서 치료 중이라고 했다.

대체 마지막에 누구를 만났을까?

"마지막 통화는 누구예요?"

"피아노 레슨이 있었대. 마지막 번호는 피아노 학원이더라고. 문자 메시지로도 확인됐어. 무슨 일 있냐고, 연락 달라고 피아노 학원 원장이 남겼더라고. 더 확인해 봐야겠지만 통신 기록상으로는 그래."

헛웃음이 났다. 난 안나에 대해 정말 단단히 오해하고 있었다. 남자를 만난다고 하니, 스폰서인 줄 알았다. 복학 안 하고 룸살롱 마담이 된다고 해서 피아니스트 꿈을 접은 줄 알았다. 목덜미가 화끈거렸다. 부끄러웠다. 나도 아가씨들 편이 아니었구나.

절제

TEMPERANCE

안나의 죽음은 시작이었다. 범인이 잡히지도 않았는데 두 명 더 살해됐다. 한 명은 제설함에서 발견됐고, 한 명은 아파트 쓰레기 분리수거함에서 발견됐다. 제설함에서 죽은 시신은 이미 한 달 전 실종된 아가씨였다.

수경 선배는 관할 구역에서 살인 사건이 벌어지자 눈코 뜰 새 없이 바빴다.

"이 새끼 사이코 아니니?"

순찰을 나갔다 들어온 선배는 소파에 몸을 던지며 지친

기색을 내보였다. 그사이 순경들은 또 출동 신고를 받고 나갔다.

"선배, 아이스커피 타 줄까?"

"그럼 땡큐지."

나는 마치 이곳 직원처럼 탕비실에서 아이스커피를 만들었다. 부쩍 파출소 출입하는 날이 늘었다. 잔심부름을 하면서 벤치를 지켰다. 시민은 언제나 파출소에 머물 수 있으니까. 한숨 돌린 선배는 옷매무새를 다듬고 있었다.

"업무량 장난 아니지?"

나는 커피를 건넸다. 식사도 제때 못하는 선배의 얼굴은 며칠 사이 까칠해져 있었다.

"나보다 담당 형사가 더 힘들지. 유한이는 열흘 넘게 퇴근 못 하고 있다. 그 성격에 범인 잡기 전까지는 안 들어가겠지, 집에."

"집….."

같이 살던 신혼집은 팔았대요? 그렇게 물어보려다가 '신혼집'이라는 말이 어색해서 말을 급히 마쳤다.

"너 이혼하고 그 집, 그대로 비어 있어. 거의 안 들어가더라. 멀쩡한 집 놔두고 경찰서 숙직실에서 무슨 청승인지 몰라."

피식, 웃음이 났다. 뜻밖이라 의아하긴 했다.

"내가 싫으니까 아파트도 싫은가보네."

"알긴 아네. 맞아, 너 때문이래."

"거 봐라. 얼마나 싫으면."

"아니, 네 생각이 나서. 그리고 혹시나 돌아올까 봐."

말문이 막혔다. 무안했다.

"내가 거길 왜 가. 남의 집인데. 이혼했으면 팔든가 하지. 성격 진짜 이상해."

괜히 툴툴거렸다.

"네 짐은 다 어쩌고?"

아. 짐도 정리 못 한 채 도망치듯 그 집을 나왔다. 엄마 집을 나올 때도 그랬는데. 이 정도면 현실도피 1인자는 내가 아닐까 의심스러웠다.

"넌 무슨 일이야? 와서 이야기해 준다는 게 뭔데?"

"부탁."

"어쩐지 공짜로 커피 타 준다 했다. 뭔데?"

"실종 신고."

"서희? 서희는 이미 실종 신고돼 있잖아."

"서희는 아니고, 아는 마담이 부탁했어. 서희의 행방을 알고 있는 마담이라 부탁을 거절할 수 없었어. 이 사건을 풀면 서희가 어딨는지 알려 주겠대."

선배의 눈동자에는 안심과 의심이 동시에 스쳐 갔다.

마담 타로

"진짜 알고 있대?"

"전에 안나가."

"죽은 그 친구?"

"응. 서희 다이어리를 가져왔더라고. 카밀라가 시켰다면서. 확실히 서희 필체야. 그 여자는 서희가 어딨는지 알고 있어. 확실해."

사실 카밀라가 어젯밤에 전화를 했었다.

개인적인 사정으로 영업은 쉬고 있는 상황이라고 했다. 그런데 데리고 있던 아가씨가 연락이 안 된다고 했다. 중요한 약속이고, 본인도 원하던 자리인데 안 나올 리 없다고 했다. 사라진 아가씨는 업소명은 미소, 본명은 김문영. 나는 그 이름을 듣고 온몸에 소름이 돋았었다.

김문영은 성훈의 약혼자였다.

카밀라도 그 사실은 알고 있었다. 남자 친구가 경찰인데, 그쪽에 말할 수 없는 사정이 있으니 파출소에 은밀히 알아봐 달라고 했다.

전화를 끊고도 심란한 마음을 감출 수가 없었다. 싱잉 볼을 가만히 울려 봤다. 고요한 파동이 나를 자극했다. 성훈이에게 먼저 연락을 해 볼까? 아니, 약혼자가 사라졌는데 찾지 않는 그가 직접 찾지 않는 것도 수상했다.

나는 내게 줄 팁이 필요했다. 이럴 때는 어떻게 행동해야 하는지 타로 카드에게 물었다. 그리고 한 장을 뽑았다.
절제 카드가 나왔다.

천사가 한 발은 물에 담그고, 한 발은 돌에 딛고 섰다.
양손의 높이를 달리해서 컵을 들고 물을 따른다. 물이 아
래로 흐르는 것인지, 위로 솟구치는지 알 수 없다. 컵 속의
물을 사람의 마음이라고 생각하면 참 잘 다루고 있는 모
습이다.

타로 카드는 말하고 있었다. 흥분하지 말고 감정을 절
제하라고. 일단 주어진 과제부터 해결하라고. 그래서 성
훈이나 유한에게 연락하지 않고 파출소로 향한 것이다.

김문영이 성훈이 약혼자라는 사실만 빼고 이야기하자, 수경 선배는 내 부탁을 거절하지 않았다.

"민원이 들어왔으니 해결하러 출동해야지."

그녀는 남아 있는 얼음을 오득오득 씹으며 자리에서 일어났다.

똑. 똑. 똑.

"계십니까?"

수경 선배는 1001호 출입문에 귀를 바짝 기울인 채 소리쳤다. 내가 초인종을 눌러 봤지만 소용없었다.

"계십니까?"

선배는 출입문을 두드렸다. 그리고 작은 소리라도 찾아 내려고 더욱 바짝 문에 귀를 붙였다. 나도 따라했다.

"전화번호 알지?"

"응."

나는 카밀라에게 받은 전화번호로 전화를 걸었다.

"안에 전화 소리 들리니?"

"아니."

미세한 진동음도 울리지 않았다.

"계속 전화해 봐. 무음이라 모를 수도 있으니까."

내가 전화하는 사이 선배는 복도, 계단 등 외부에서 출입 가능한 창문이나 출입구들을 살펴보았다. 특별한 징후를 발견하지 못하고 돌아왔다.

"잠수 타고 여행 간 건 아니니?"

"…그러면 다행인데. 카밀라는 다른 마담들하고 영업 방식이 달라. 연예인 소속사처럼 아가씨들을 관리해. 분명 도망갈 수 없는 약점을 쥐고 있었을 거야. 그런데도 카밀라가 못 찾았다는 건….."

선배 휴대폰이 울렸다.

"잠깐만. 파출소야."

선배가 돌아서는 순간 나는 비명을 질렀다. 현관문 사이로 검붉은 피가 흘러나와 선배의 신발은 이미 피로 젖어 있었다. 그녀가 몇 발자국 움직이는 동안 또렷한 발자국이 남았다. 피로 물든.

실종 신고는 살인 사건이 되었다. 선배는 경찰에 보고하고, 나는 경비에게 달려가 자초지종을 설명했다. 경찰인 선배가 있었기 때문에 출입문 강제 개방이 가능했다.

경비는 복도까지 흘러나온 핏자국을 봤기 때문인지 고개를 돌린 채 문만 열었다. 덕분에 나와 선배가 먼저 실내를 볼 수 있었다. 그 많은 사건 사고를 목격한 베테랑 파출소장도 눈을 질끈 감아 버렸다.

하.

나는 기가 차서 현실이 믿어지지 않았다. 지옥도가 있다면 이런 풍경일까? 피해자는 사건이 일어난 소파에서부터 현관문 앞까지 기어왔다. 하지만 문턱을 넘지 못하고 손만 뻗었다. 복부 자상이라 출혈량은 상상하기 힘들정도였다. 온몸이 피에 잠겨 있었다. 팔을 현관으로 뻗은덕분에 피가 복도로 흘러나온 것이었다.

경찰이 현장에 도착하기 전까지 몇 분이 남았을까?

나는 경찰이 아니다. 폴리스 라인이 만들어지면 그 안으로 들어갈 수 없다. 최대한 빨리 현장을 파악해야 한다. 멀리서 경찰 사이렌 소리가 벌써 울린다. 시간이 별로 없다. 최대한 많은 것을 머릿속에 기억해야 한다. 한 장의타로 카드를 외우듯, 현장을 외워야 한다.

"왔니?"

수경 선배의 목소리가 들렸다. 돌아보지 않았지만 유한이 도착했나 보다. 나는 현관 앞에서 계속 집 안을 쳐다보고만 있었다. 하나라도 더 외워야 한다. 현장의 분위기를.

"쟨 뭐야?"

"제보자."

"제보자가 직업이냐?"

그의 목소리에는 조롱이 담겨 있었다.

"그렇게 현장이 좋으면 다시 경찰을 하든가, 나 참."

"니들은 서로 못 잡아먹어서 안달이지?"

유한이 '야!', '너!' 부르며 다가오는 것이 느껴졌다.

"저기 소파 아래…."

저 아래, 뭔가 보였다. 선 채로는 잘 보이지 않았다. 쪼그려 앉았다. 작은 쓰레기들이 보였다.

"뭐어? 쓰레기? 그게 뭐?"

유한이 곁에 쪼그려 앉으며 구시렁거렸다.

"보이지?"

내가 말했다. 그새 수경 선배도 옆으로 다가왔다.

"쓰레기들, 저거 말하는 거야?"

쪼그려 앉아서 말하던 유한은 답답한지 현장으로 들어갔다. 그리고 소파 아래 있는 것을 확인했다.

"그거, 은색."

"이거? 누가 껌을 씹고 종이배를 만들었는데?"

유한은 그걸 꺼내려고 했다.

"안 돼!"

나도 모르게 소리쳤다. 종이배를 집으려던 유한이 멈칫했다.

"그거 범인 시그니처야."

유한과 수경 선배는 일시에 나를 돌아봤다.

"무슨 말이야?"

그가 다그쳤다.

"이게 뭐! 뭔데? 빨리 말 안 해?"

그가 화를 냈지만 당장 말할 수는 없다. 잠시 절제가 필요했다. 유한과 성훈은 친동생처럼 친하니까. 하지만 분명한 건, 유한이 성훈에 대해 너무 모르고 있다는 것.

이정도면 경찰서 조사실 단골손님이다. 나는 유한과 마주 앉았다.

"성훈이는? 걔부터 만나고 싶은데."

"최초 목격자님? 진술하러 왔지 면회 온 거 아닙니다."

"성훈이에게 물어보고 싶은 게 있거든."

"야, 그건 전화로 물어보고. 실종된, 아니 살해된 김문영과 아는 사이 입니까?"

"아닙니다."

"그럼 뭔데!"

참다못한 유한이 소리쳤다.

"김문영 진짜 몰라?"

오히려 내가 되물었다. 성훈이와 형제처럼 붙어 다니는

사이니, 여자 친구 사진을 한 번이라도 본 적 있을 것 같았다.

"내가 그 여자를 어떻게 알아?"

전혀 모르다니.

"성훈이 여자 친구 이름 알아? 어떻게 생겼는지 봤어?"

"왜 자꾸 성훈이 타령이야. 파혼하고 제정신 아니거든? 걔가 아무렇지 않게 돌아다니지만 지금 멘탈 장난 아니다."

"왜?"

오히려 내가 그를 취조하는 모양새가 됐다.

"개인사입니다. 자, 조서란 씨. 거길 왜 갔습니까?"

"성훈이는 약혼자가 룸살롱 아가씨인 거 알았대?"

내 말에 유한의 눈동자가 커졌다. 일급비밀이라도 털린 스파이의 표정이랄까.

"너 그거 어떻게 알았어? 성훈이가 말했어?"

"아니. 오늘 죽은 여자가 성훈이 약혼자야, 아니 약혼자 같아. 그러니까 성훈이에게 확인해야 해. 휴가 멀리 갔어? 당장 올 수 없대? 걘 여자 친구가 연락 두절인데 연락도 안 해 봤대?"

"어."

"어?"

"헤어졌으니까."

나는 허를 찔렸다. 분명 3개월 후에 결혼식을 한다고 했는데.

"3개월 후면 결혼식인데 헤어졌어. 오죽하면 헤어졌겠냐?"

"왜? 왜 헤어졌는데?"

"성훈이 작은삼촌이 그 여자 단골이었대."

나는 말을 잃었다. 성훈이에게 속았다. 아주 단단히 속았다. 가까운 사람에게 배신당한 기분은 더욱 비참했다. 아니, 냉정하게 생각하자. 사실 관계만 따지자면 성훈이는 나를 속이지 않았다. 결혼식 날짜는 3개월 후가 맞다. 파혼했다는 말을 안 한 것뿐이다.

유한은 휴대폰 발신 버튼을 눌렀다. 성훈에게 전화를 거는 것 같았다. 그의 수화기 너머 로 '고객님 전화기의 전원이 꺼져 있어…'라는 안내 음성이 새어나왔다.

"이 자식이."

유한은 두세 번 더 전화를 걸어 보고서야 휴대폰을 내려놨다. 머리를 엉클었다.

"설마 연쇄 살인은 아니겠지?"

그의 목소리에는 두려움이 있었다. 나는 긍정도 부정도 하지 않았다.

"한 건이야 우발적이라고 치자. 나머지도 연관 있으면

연쇄 살인인데…. 아, 이 자식. 사고를 어떻게 친 거야! 아냐, 아닐 거다. 말이 안 되잖아?"

"말이 왜 안 돼?"

약혼자가 룸살롱 아가씨라는 것을 알고 그녀와 연관된 아가씨들을 죽였다면 말이 된다. 대중이 좋아하는 통속적인 스토리까지 겸비했다. 메가 히트급 스토리 아닌가? 천만 관객이 아니라 전국민이 좋아할 이야깃거리다.

살해 이유는?

술집 여자 주제에 감히 경찰인 날 속였으니까.

살인 동기도 분명해 보였다. 성훈이는 자존심도 세고, 자부심도 강한 경찰이다. 그런 경찰이 보란 듯이 속았으니 체면이 말이 아니겠지. 그래서 자신을 속인 아가씨들을 모조리 죽였다면 말이 된다.

물론 안나를 죽인 살인범의 단서는 아직 아무것도 발견되지 않았다. 이즈음 되면 김문영의 친구였기 때문에 성훈이의 손에 죽었을 확률은 점점 높아졌다.

"왜 종이배를 보고 왜 시그니처라고 했지?"

"성훈이 소설에 나오거든. 사랑했던 여자를 죽이고 그 곁에서 태연히 종이배를 접는 남자가."

       마담 타로

나는 대학 시절 성훈이와 〈교양 글쓰기〉 수업을 같이 들었다. 타 학과 학생들도 듣기 때문에 수업 초기에는 학년이 다른 성훈이와 친하지 않았었다.

"제목이 뭔지는 모르겠는데 북유럽 스릴러 소설이었을 걸? 과제가 그걸 읽고 감상문 쓰는 거야. 수업 시간에 발표하는데 성훈이가 써 온 내용이 인상적이었어. 재미를 위해 살인을 하는 좋은 인간뿐입니다. 마트에서 물건 고르듯 죽일 대상을 쇼핑하는 그 자식들은 금수보다 못한 놈들입니다. 이렇게 발표하는데 너무 진지한 거야. 그때 알아차렸지. 경찰행정학과구나."

"그깟 쓰레기로 접은 종이배 때문에 범인이 성훈이라고 단정 지을수 없어. 수사가 진행되면 단서가 나오겠지. 지문이든 범행 도구든."

그는 현실을 부정하고 있다. 그러고 싶겠지. 나도 지금 이 상황이 믿기지 않으니까. 하지만 사건은 일어났다. 누군가 죽였고, 누군가 죽었다.

"성훈이의 범행 도구는 발견되지 않을 거야."

나는 단호하게 말했다.

"현장에서 발견 안 되면 현장에서 떨어진 곳에서 발견되겠지. 범인이 소지했거나."

"아니, 절대 못 찾아."

"수사에서 절대라는 말은 금기어라는 거 몰라?"

유한도 물러서지 않았다.

"그 녀석이 사용한 살해 도구는 얼음 칼일 거야. 살해 후 변기에 버렸겠지? 얼음은 물에서 더 빨리 녹으니까 변기 레버 한 번 내리면 끝이야. 증거는 하수종말처리장에 도착했을까? 아니면 어딘가를 막아 버렸든가."

"추리 소설에 나오는 그 얼음 칼?"

"응."

"말도 안 되는 소리하고 있다."

"고드름 동요 있잖아. 고드름 따다가 발을 엮어서 밤에 아내를 죽이려고 했던 거야. 남편이."

"소설 쓰네. 누가 그래? 양심적으로 동요는 건들지 말자. 고드름이 살인 도구였다고 하면 얼마나 많은 동심이 파괴되겠냐?"

그가 질색을 했다.

"성훈이가 쓴 소설 내용이야. 알고나 있으라고."

"정말 고드름으로 사람을 죽일 수 있다고 생각해? 현장 봤잖아. 상해는 가할 수 있지만 치명적이지는 못해. 분명 흉기에 찔린 자국이야."

"봤어. 날카롭고 예리한 것에 찔린 상처는 아니야. 일반 자상보다 더 많이 벌어져 있었고. 일반 얼음 칼은 아닐 거야."

물을 얼릴 때 솜을 넣고 얼리게 되면 상황은 달라진다. 그 과정에서 솜에 든 섬유질이 물과 결합해 거대한 그물 망 모양을 형성한다. 금속 칼 못지않게 단단하게 만들 수 있다. 나는 학교 다닐 때 성훈이에게 들었던 얼음 칼에 대해 설명했다.

"그래, 유튜브 보니까 그런 실험도 하더만."

"소설《마네킹의 완벽한 살인》. 거기 나오는 내용이야."

"그것도 성훈이가 썼어?"

"꽤 잘 썼어. 교양 수업이라 열심히 안 해도 되는데 진짜 열심히 쓰더라고."

"소설가 되고 싶다는 말은 한 번도 없었는데."

"소설가가 꿈은 아니었어. 완전범죄를 막아내는 경찰이 되고 싶었지. 범인이 범죄를 저지르는 심리를 파고들었어. 소설에서 그걸 배운다고 했고. 결국 자신이 괴물이 되었지만."

내가 기억하는 성훈이는 손재주도 좋았다. 껌종이든, 냅킨이든, 과자 봉지든. 뭐든 손에 잡히면 배, 학, 딱지 할 것 없이 만들었다. 한 번 자취방에 가 본 적이 있었는데 완벽한 살인을 할 수 있는 도구들이라며 보여줬었다. 증거가 남지 않는 살인 도구를 직접 만들어보고, 모의 살인을 완벽하게 계획하고, 상대에게 휘두르듯이 직접 범행 도구를 시연해 보면서 소설을 쓴다고 했다.

"뭘 그런 데까지 성실하냐. 쓸데없이."

유한이 쓸쓸하게 말했다.

"좋아. 일단 성훈이 소재부터 파악하지. 하지만 현장에서 발견된 범인의 시그니처, 즉 껌종이로 만든 종이배를 보고 성훈이를 떠올렸고, 대학 시절 과제로 쓴 소설을 토대로 범죄 도구를 유추할 수 있을 거라는, 일종의 가설?"

한숨이 나왔다. 오늘따라 그는 말이 많았다. 불안하고 초조하고, 이 상황을 회피하고 싶어 이말 저말 다 쏟아내는 것을 이해 못하는 것은 아니다. 나는 체념했다.

"그래, 소설 나부랭이."

그는 내 대답에 긍정도 부정도 하지 않았다. 그때 형사가 급히 문을 열고 들어왔다.

"팀장님, 또 발견됐습니다."

유한을 찾는 형사의 표정이 어두웠다.

15

악마
THE DEVIL

피해자는 17세 여성이었다. 불과 집에서 200미터 떨어진 의류 수거함에서 발견됐다. 나는 육두문자가 목구멍에 걸렸지만 차마 내뱉을 수 없었다. 상황은 이제 걷잡을 수 없게 됐다. 유한은 사무실을 박차고 나갔다. 팀원들에게 뭔가 지시하는 것이 조사실 유리창 너머로 보였다. 나는 성훈이에게 전화를 걸었다. 역시 받지 않았다. 다시 유한을 보니 바빠 보였다. 손짓으로, 입 모양으로 '나 갈게'라고 말했다. 유한은 손가락으로 거기 있으라고 말하는 것 같았다.

나는 기다리면서 카밀라에게 전화를 걸었다. 안나, 김문영 그리고 다른 아가씨들까지 살해된 채 발견되자 놀랐을 것이다.

"다시 연락드리겠습니다."

카밀라는 그 말을 하고 바로 전화를 끊었다. 경황없는 목소리였다.

손가락으로 테이블을 두드리며 생각에 잠겼다. 그러다 바지 주머니에 손을 넣었다. 아, 타로 카드 열쇠고리. 여기 있었구나. 수경 선배에게 받아 놓고는 잊고 있었다. 열쇠고리를 꺼냈다. 엄지손가락 크기의 스테인리스 판에 내 소울 넘버인 여사제 타로 카드가 새겨져 있다.

소울 넘버 카드는 타로 카드가 수비학과 합쳐져 자신을 상징할 수 있는 숫자를 찾는 작업이다. 1992년 4월 21일 생이면 1+9+9+2+4+2+1의 합을 구한다. 합이 28. 두 숫자를 다시 더한다. 2+8은 10이다. 다시 1과 0을 더하면 1이다. 이 사람의 소울 넘버는 1이다. 즉, 한 자리의 숫자가 나올 때까지 더하면 된다. 그리고 이 숫자에 해당하는 메이저 타로 카드가 그 사람의 소울 카드다. 굳이 우리나라로 치자면 열두 띠나 사주팔자와 비슷한 개념일 것이다.

소울 넘버 계산에 따르면 나는 2번, 고위 여사제다.

고위 여사제는 종교인이자 영성을 다루면서 예언을 하는 사람이다. 정말로 내게 여사제의 능력이 있다면 얼마나 좋을까. 내가 끼어들면서 자꾸 사건이 일어나는 것만 같아 마음이 편치 않았다. 괜히 열쇠고리만 만지작거렸다. 한참이 지나고서야 유한이 들어왔다.

"미안. 기다리게 해서."

그는 앉자마자 가쁜 숨을 골랐다. 그리고 힘겹게 입을 열었다.

"어쩌냐."

불길했다.

"아무래도 성훈이 짓 같은데."

그는 한숨을 쉬며 두 손으로 머리를 감쌌다. 나는 손에 든 열쇠고리를 꼭 쥐었다. 여사제처럼 왜 미리 알지 못했을까? 설마 〈아르카나〉에 안나가 다녀간 날, 그 이야기를 엿들었을까? 모든 것이 내 탓만 같다.

"그 학생은 언니 아이디로 미팅 앱에 접속했어. 거기서 만난 사람이 성훈이야. 직업여성도 아니고, 김문영하고도 엮인 게 없어. 성훈이가 죽일 이유가 없는데…."

"시신 상태는?"

내 말에 유한은 미간을 찌푸렸다.

"그동안 발견된 시신들과 같아. 자상의 형태가 매끄럽지 못해. 칼을 못 쓰는 놈인가, 무딘 칼을 썼나. 진짜로 얼음 칼인가. 아무튼 의류함 옷에서 묻은 건지, 이불에서 묻은 건지는 확실하지 않은데 자상 부위에서 탈지면? 목화솜? 솜으로 추정되는 이물질이 발견됐다고 해. 정확한 사인은 부검 결과를 기다려 봐야지."

그리고 김문영의 유전자 감식 결과가 나왔다고 했다. 사방이 피였던 현장이 떠올랐다. 이탈 혈흔, 누적 혈흔, 낙하 혈흔에서 골고루 채취했지만 모두 피해자, 김문영의 혈흔이라고 했다.

"범인으로 추정되는 피가 한 방울도 없다고?"

"그게 다가 아냐. 집 안은 물론이고 현관문에서도, 복도에서도, 의심될 만한 사람의 지문이 채취되지 않았어. 심지어 그 종이배에도 아무런 유전 정보가 묻어 있지 않았고. 공교롭게도 사건 빌라나 오피스텔 CCTV는 그때마다 수리 중이었어. 마치 누군가 미리 손쓴 것처럼."

"설마 성훈이가 그렇게까지 했을까?"

"완전범죄를 꿈꾸던 놈이라며? 문제는 성훈이가 범인이라는 건 너의 추정뿐이지 결정적인 증거가 없어. 김문영의 전 남자 친구라고 해도 최근 만난 기록 자체가 없어. 통신 기록도 깨끗하고. 걜 의심하는 사람은 너뿐이다."

"당신도 그렇게 믿는 거 아니었어?"

"…."

그가 쉽게 입을 열지 않았다.

"성훈이의 살해 동기는 충분해. 내가 읽었던 소설에 나왔던 수법도 똑같고. 아, 그 소설 과제를 버리지 말았어야 했는데…. 당신도 결국 내 말은 안 믿는 거지?"

나는 체념했다. 이래서 경찰을 그만뒀으니까. 역시 경찰은 하나도 변하지 않았다.

"그래, 못 믿어. 경찰은 네 증언을 신뢰할 수 없어. 성훈이라는 증거가 없으니까. 그런데 난…."

그가 날 지그시 바라봤다.

"널 믿는다."

저 눈빛, 저 눈빛은.

"지금 드라마 찍니? 나랑 장난해?"

"그럼 어쩌라고! 나도 당장 그 새끼 잡고 싶어! 네가 좀 데리고 와라."

"진짜 증거가 없어? 걔 그렇게 완벽한 놈은 아닐 텐데."

"완벽하진 못했지. 대한빌라 인근 CCTV를 살펴봤는데 성훈이의 차가 찍혔어. 의류 수거함 골목에서도 잡혔고. 그런데 시신을 옮기는 사람은 보이지 않아. 투명 망토를 썼는지."

유한은 손바닥으로 눈알을 지그시 누르며 앓는 소리를 했다. 괜히 앓는 소리를 하는 건 아니다. 지자체에서 설치한 방범용 CCTV는 50만 대가 훌쩍 넘는다. 이제 '하늘이 보고 있다'가 아니라 'CCTV가 보고 있다'고 해도 과언이 아닐 정도다. 방범용 CCTV의 증가로 강력 사건이 줄어들긴 했다. 지자체 방범용 CCTV, 개인 방범용 CCTV, 차량 블랙박스 CCTV 등을 분석하면 어떻게든 범인은 잡히게 돼 있다. 문제는 아직도 정확한 분석은 인간의 힘을 빌려야 한다는 것. 동영상 축약 시스템이나 차량 번호 추적 시스템이 있지만 아직도 수사관들이 직접 영상을 확인해야 한다. 정말 눈알이 빠질 것 같은 힘든 일이다.

"대한빌라 앞이 일방통행이거든? 사건 발생일로 추정되는 5일, 새벽 공삼 시부터 공육 시까지 통과한 차량이 서른 두 대야. 그중 한 대가 성훈이 차고. 둘둘삼사. 둘둘삼사만 그 골목을 세 바퀴 돌아. 그리고 정차하는데."

"얼굴이 찍혔어?"

"아니, 내리진 않았어."

"이제 어떻게 할 거야?"

"일단 현장 수사하면서 성훈이를 찾아야지. 집에도 연락해 봤는데 휴가 냈는지도 모르시더라고. 그 카밀라라는 마담. 김문영을 비롯한 두 명은 그 마담이 관리하는 아가씨라 사건 협조 요청했어. 카밀라, 잘 아는 사람이야?"

"아니. 몇 번 만나기는 했는데 개인 정보에 대해 아는 건 없어. 근데 꽤 까다로운 사람이야. 서희 일만 아니면 평생 엮일 일 없는 부류. 피곤해, 만나고 오면. 만나기도 쉽지 않지만."

형식적인 목격자 조사를 마치고 회의실을 나섰다. 유한은 엘리베이터까지 배웅할 모양이었는데 마다했다. 늘 마시던 자판기 커피도 오늘은 생각이 없었다.

경찰서를 나서는데 시야 가득 적란운이 들어왔다. 탑 모양으로 솟구치면서 만들어진 거대한 구름이 우뚝 솟아 있었다. 순우리말로 쌘비구름, 흔히 소나기구름이라고 한다. 수직으로 만들어진 저 구름은 많은 비와 천둥, 번개, 벼락, 돌풍을 동반한다. 지금은 거대한 소프트아이스크림처럼 보이지만 곧 돌변할 거다. 호우가 쏟아지기 전에 〈아르카나〉로 돌아가기 위해 발걸음을 재촉했다.

이틀 뒤, 유한이 배산 저수지에서 둘둘삼사 흰색 경차를 발견했다는 소식을 들었다. 수경 선배도 곧장 현장으로 향했다. 그리고 현장 이야기를 낱낱이 전해 줬다.

영상 분석팀이 확인한 결과 고속도로를 달리던 둘둘삼사 흰색 경차는 배산 휴게소에서 사라졌다. 인근 국도 CCTV를 확보해서 영상을 분석하던 중 드론 수사팀에서 연락이 온 것이다. 이 팀은 드론으로 주변을 촬영해 파노라마 영상을 만들어 차량을 유기하기 좋은 포인트를 세 곳으로 압축했다. 그곳 중 한 곳에서 경차로 추정되는 타이어 자국을 발견한 것이다.

미리 연락한 수중과학수사팀이 흰색 경차를 인양했다. 경찰은 경차 안에서 흉기나 둔기 등을 찾을 수 있을지 궁금해 했다고 한다.

"칼이라도 나올까요? 유속이 심해서 못 찾는 건 아닌

지….”

“흉기는 없을 거다.”

결국 유한은 내 가설을 받아들였다고 했다. 부검 결과 시신의 내장 부위에서도 탈지면이 발견되었기 때문이다.

“핸들에서 성훈이 지문만 나와도 감사해야지. 대포차더만. 경찰이 대포차나 타고.”

유한은 유난히 씁쓸해 했다고 전했다.

수경 선배와 유한은 객관적인 증거에 목말라 있었다. 범죄자들이 완전범죄를 꿈꾸며 물속에 버린 증거품에 지문은 남아 있다. 지문에는 유분이 있기 때문에 물에 잘 지워지지 않는다. 물과 기름이 섞이지 않는 아주 기본 적인 원리다.

유한은 현장을 지휘하면서도 누군가를 계속 찾았다고 했다. 수경 선배 말로는 나를 기다리는 것 같다고 했다.

“슬슬 타로 카드 들고 나타나야 하는 거 아냐?”

유한이 시답잖은 농담을 했다고 말했다. 내가 말도 안되는 사건 단서들을 읊어 대며, 범인에 대해 조잘거려야 한다나.

하지만 유한 형사의 생각과 달리 나는 조용해졌다. 더이상 현장에도, 파출소에서 나가지 않았다.

사람들을 피하고 싶었다.

이 모든 시작이 나로 인해, 이 타로 카드로 인해 벌어진 것만 같다. 애초에 내가 집을 나가지 않았다면, 서희가 사라지지 않았다면, 안나가 성훈이를 만나지 않았다면?

이 살인들은 일어나지 않았겠지.

각자의 사건들이 서로 아무런 인과 관계가 없는 것처럼 보이지만 나는 알고 있다. 모든 것이 연결돼 있다는 것을.

16

탑
THE TOWER

살인 사건들이 연속으로 일어나자, 언제 상담을 받을 수 있냐고 묻는 아가씨들의 문자가 빗발쳤다. 룸살롱 아가씨 연쇄 살인이 일어나니 불안할 것이다.

"더 이상 상담 안 받아요, 개인적인 일로 쉽니다."

몇 번은 이렇게 거절했지만 마음이 편하지 않았다. 동생을 찾기 위해 시작한 타로 상담이지만 내게 필요한 정보만 빼먹고 돌아서려니 양심에 걸렸다. 나 역시 이기적인 인간이라고, 어쩔 수 없다고 양심을 외면했다. 하지만 불안함에 떠는 아가씨들의 목소리를 끝까지 외면할 수 없었다.

고민 끝에 아가씨들과 타로 상담 일정을 잡았다. 그리고 산란한 마음을 다잡기 위해 음원 앱에서 명상 음악을 틀었다. 그것만으로도 집중됐다. 창밖의 소음들은 하나씩 지워졌다.

상담용 타로 카드를 테이블 위에 한 장씩 올려놓았다. 그리고 순서에 맞춰 카드를 배열했다. 책장에 올려놓았던 백수정도 가져왔다. 손바닥만 한 크기다. 카드 한 장씩 그 위에 올려놓았다가 내리기를 반복했다. 그러면 그간의 나쁜 기운이나, 예지력을 떨어지게 만든 기운들이 정화되기 때문에 주기적으로 이 의식을 행한다.

타로 리더 중에는 그 타로 카드가 나쁜 일을 맞추면 불길하다며 불태우기도 한다. 혹은 타로 카드를 쥐었을 때 불편함이나 두통이 생기는 경우도 타로 카드의 수명이 다한 것이다. 나는 아직까지 그런 경험은 없다. 주기적으로 이런 카드 정화 의식을 행해서인지 그런 일은 일어나지 않았다.

카드 한 장 한 장마다 수정의 맑은 기운을 주는 일은 만만치 않다. 간간이 타로 카드를 들고 생각에 빠져서 시간이 지체됐다. 마지막 카드까지 마치자 한 시간이 훌쩍 넘었다. 사방이 어두워지기 시작했다. 형광등은 일부러 켜지 않았다. 음력 달력 앱으로 확인하니 음력 12일이었다. 보름이면 더 좋았을 텐데. 아쉬웠다. 보름달이 뜨는 날, 그 달빛의 기운을 받는 정화 의식은 세계 타로 리더들이 가장 편하게 사용하는 방식이다. 보름달이 아니라서 아쉽지만 그런대로 달빛을 받게 두었다.

오늘은 타로 카드도 나도 휴식이 필요했다.

다음 날, 상담을 예약한 아가씨가 홀로 〈아르카나〉를 찾아왔다. 업소나 미용실에서 상담하기 힘든 이야기라며 조용한 곳을 원했다.

"신점은 많이 봐서 신당처럼 화려할 줄 알았는데…."

아가씨는 커피를 홀짝이며 내부를 살폈다.

"그래도 여기 오니까 편안해요."

"다들 그렇게 말해요. 별건 없는데."

나는 향초에 불을 붙이며 웃었다. 그리고 흑요석 반지를 만지작거리며 상담할 마음 준비를 했다.

"이 소리는 뭐예요? 어디서 나무 타는 소리가 들려요."

관찰력 좋은 아가씨다.

"심지가 나무인 향초예요. 모닥불 피워 놓은 거 같죠?"

상담을 마치고 들어오는 새벽이면 마음이 공허했다. 타

인의 고민을 들어 주지만 정작 내 고민은 해결되지 않았으니까. 그러다 찾은 제품이 이 향초다. 새벽녘에 켜 놓으면 타닥타닥 나무 타는 소리가 나직하게 들린다. 그 소리를 듣다가 잠들곤 했다.

"자, 이제 시작할까요? 뭐가 고민이에요?"

아가씨의 표정이 금방 어두워졌다.

"모르겠어요."

"음. 타로 카드는 질문이 중요해요. 근데 질문을 모르겠으면 일단 지금 가장 큰 문제가 뭔지 물어보는 거죠. 돈인지, 사람인지, 직장인지, 애정 문제인지."

"…남자 친구요."

"무슨 문제인지 말해 줄 수 있어요?"

그녀는 대답 대신 고개를 숙였다.

"그럼 타로 카드에게 물어볼까요? 뭐가 문제인지?"

"네."

상담자가 질문하기 주저할 때는 내가 대신 타로 카드에게 물어보기도 한다.

"남자 친구와 어떤 문제인지 생각하면서, 타로 카드를 한 장만 뽑아 봐요."

아가씨는 망설임도 없이 한 장을 뽑았다.

"자, 어떤 카드를 뽑았는지 볼까?"

THE HANGED MAN

카드를 뒤집자 T자형 나무에 한쪽 발목만 묶인 채 거꾸로 매달려 있는 남자가 나왔다. 매달린 사람 카드였다. 그 카드를 확인한 아가씨의 눈동자가 잠시 흔들렸다.

"이건 매달린 사람 카드예요."

"…나쁜 건가요?"

아가씨의 목소리가 떨렸다.

타로 카드는 거울이다. 자신의 마음속에 들어 있는 생각을 투영하기 때문이다. 이 카드 속 남자는 비록 매달려 있지만 표정은 평화롭다. 한 발만 묶였기 때문에 충분히 다른 자세를 취할 수도 있다. 그뿐인가. 뒷짐 지고 있는 손은 묶였는지, 안 묶였는지 명확하게 보이지 않는다. 풀려 있는 상태라면 스스로 발목의 줄을 풀고 이 상황에서 벗어날 수 있다.

이 카드를 보고 부정적인 상황을 떠올렸다면? 내담자도 같은 상황에 빠져 있을 확률이 높다.

"꼭 나쁜 카드는 아니에요. 모든 타로 카드는 좋은 방향, 나쁜 방향, 의외의 방향으로 해석할 수 있어요."

내 위로에도 아가씨의 표정은 나아지지 않았다.

"사람들은 이 카드를 보면 자살을 떠올리거나 불길한 카드라고 생각해요. 그런데 이 십자가 나무. 이건 교수대가 아니라 생명의 나무예요. 거꾸로 매달려 있는 이 사람의 표정을 봐요. 고요해요. 떨어지지 않을 것을 알고 있어서 요동치지도 않아요."

보조 타로 카드 상자를 열어 정의 카드와 죽음 카드를 찾아냈다. 두 카드를 매달린 사람 카드 앞뒤로 놓았다.

"남자 친구와의 문제는 정의와 죽음 사이에 있어요. 타로 카드는 질문의 힌트를 주기도 해요. 이 카드들이 아가씨에게 어떤 의미인지 저는 몰라요, 점쟁이가 아니거든요."

"…죽음이요?"

그녀의 목소리에는 두려움이 묻어 있었다. 누구나 '죽음'이라는 단어 아래서는 작아진다.

"죽음은 괴로워요, 하지만 진짜 죽음은 아니고 변신을 위한 죽음입니다. 마치 고치에서 나비가 되는 탈피처럼요. 나비가 되기 전까지 괴롭겠죠? 엄마들은 아기를 낳을 때, 죽다 살아났다고 하잖아요. 그런 죽음입니다. 현재 상황에서 벗어나기 위한 죽음. 혹은 상황에 의해 죽음처럼 답답한 처지에 놓일 수 있어요. 꼼짝할 수 없는."

내 위로에도 표정이 나아지지 않았다.

"남자 친구랑 어떤 고민이 있는지… 이제 말해 줄 수 있을까요?"

세심하게 배려하며 물었지만 미동도 없었다.

"아까도 말했지만 전 점쟁이가 아니에요. 의사에게 아픈 곳을 말하지 않으면 정확한 진단을 할 수 없어요."

그제야 아가씨가 운을 뗐다.

"알아요, 아니신 거."

애써 웃는 것도 보였다.

"질문을 하다보면 나한테 어떤 문제가 있는지 알 수 있어요. 어떤 고민인지 모르겠지만."

"…싫어요."

들릴 듯 말 듯한 목소리였다.

"네?"

나는 그녀 쪽으로 몸을 당겼다.

"…."

"뭘 하고 싶다는 거죠?"

"…헤어지고… 싶어요."

"아."

이제는 연인과 마음대로 헤어질 수도 없는 시대다. 남녀가 만나고 헤어지는 일은 너무나 평범한 일상이다. 이런 일상도 범죄로 변한 오늘날, '그럼 그냥 헤어져'라고 쉽게 말할 수가 없다. 오죽하면 '안전 이별'이라는 말까지 나왔을까.

가장 은밀하고 사적인 관계에서 일어나는 범죄는 가족도 알아차리기 힘들다. 게다가 경찰도, 국가도 손 놓고 있는 어둠의 세계인 화류계에서 일어나는 폭력은 누구도 신경 쓰지 않는다. 심지어 그 폭력이 사랑인 줄 아는 어린 아가씨들도 있다. 사랑하니까요, 내가 좋으니까요. 그 최면에 빠져 가스라이팅을 당하는 그들은 구원의 손길조차 기다리지 않는다.

이런 상황에서 매달린 사람 카드를 뽑았다. 스스로 벗어날 수 없는 지경이기 때문에 상담을 받고 싶었을 것이다.

"혹시 남자 친구가 폭행을 하거나, 폭언을 하거나."

목소리를 낮춰 가며 찬찬히 물었다.

"아니요."

이번에는 단호하게 대답했다.

"그럼 임…신…?"

"아니고…."

"그럼 협박받아요? 동영상이나, 사진으로…."

그 말에 아가씨의 표정이 경직되었다. 까만 눈동자에 두려움이 스쳐가는 것을 놓치지 않았다.

"혹시 어디에 올린다고 협박해요?"

그녀는 고개를 끄덕였다.

"…제 실수예요. 몰카 촬영을 의심했어야 했는데…. 세상에 뿌리겠다고 해요. 어차피 너 같은 년 사진은 무료로 나눠가져야 하지 않겠냐며…."

울먹였다. 날개 꺾인 새가 처마 밑에서 끙끙거리는 것처럼 앓는 소리였다.

"그리고 칼을 들 때면."

담담한 목소리로, 어쩌면 자포자기한듯, 풀이 죽은 채
비밀을 털어놓았다.

"무서워요. 진짜 죽을 것 같거든요."

남자 친구는 화가 나면 손에 잡히는 게 무엇이든 휘둘렀
다고 했다. 직접 때리거나, 흉기로 위협하진 않지만 언젠
가 그 대상이 자신일 것 같아서 두렵다고 했다. 도망치지
못한 한심한 자신을 자책하면서 두려움에 떨고 있었다.

"제 잘못이에요, 제 잘못."

"당장 112에 도움을 청하고, 무슨 일이 생길 것 같으면
나한테 연락해요. 꼭! 늦은 밤도 좋고, 새벽도 좋고, 아무
때나 상관없으니까. 그리고 힘들어도 다른 일을 찾아봐.
아가씨들 상담할 때, 이 말 안 하려고 노력하는데 아가씨에
게는 해야겠어. 남자 친구가 룸살롱에서 일하는 거 알죠?"

그녀는 고개를 끄덕였다.

"여길 벗어나요. 몇 백이라도 있으면 지방으로 가. 해외
도 좋고. 기다리는 식구들이 있다면 집으로 돌아가요."

나는 할 수 있는 모든 말을 쏟아 냈다. 그리고 펼쳐져있
는 타로 카드에서 한 장을 뽑았다. 힘 카드였다.

"이건 팁 카드라는 건데. 내가 어떤 조언을 주면 좋을까, 질문하고 뽑은 겁니다. 힘 카드예요. 아무리 무서운 맹수도 이렇게 조련할 수 있는 힘. 그게 필요하고, 그건 바로 당신 내면에 있어요."

"저에게 무슨 힘이 있어요."

"1. 1. 2."

나는 천천히 신고 번호를 읊었다.

"그걸 누를 용기와 손가락 힘만 있으면 할 수 있어요. 아니면 사거리 돌아서 공원 옆에 파출소 있죠? 거기 파출소장 언니를 찾아가요. 마담 타로가 소개해 줬다고 하면 잘해 줄 거야."

웃기지도 않는 내 농담에 그녀는 피식 웃었다. 고민을

말하고 난 그녀의 표정은 한결 개운해 보였다.

"그리고 이 팁 카드 가져가요. 여기 여자 머리 위의 무한 대 표시 보이죠? 무한대는 가능성 혹은 무한한 사랑을 의미해요. 이렇게 무섭고 사나운 사자도 다스릴 수 있는 힘을 선물로 드립니다."

카드를 아가씨의 손에 쥐어 줬다.

"저한테요?"

"네. 서양에서는 타로 카드를 부적처럼 쓰기도 해요. 이 카드, 잊지 마요. 무한 파워가 담겨있으니까."

그녀는 카드를 빤히 들여다보더니, 손가락으로 카드 속 여자 머리 위에 그려진 무한대를 따라 그렸다.

"기분이 이상해요, 진짜 힘이 생기는 거 같아요."

"에너지예요. 눈에 안 보이는 에너지. 눈빛, 몸짓, 목소리, 그 모든 곳에 에너지가 깃들어 있어요. 잊지 말아요, 이 느낌을. 그리고 에너지를 빨아먹는 뱀파이어 같은 사람을 만나면 이제는 피하는 것도 배워야 해. 연애도 마찬가지죠. 만날수록 내 기분이 안 좋아진다면 그 남자는 에너지 뱀파이어라고 생각하고 도망쳐요. 무엇보다 소중한건 자신이거든."

"고맙습니다. 이 카드, 부적으로 잘 갖고 있을게요. 다음에 또 와도 될까요?"

"그럼, 당연하죠. 언제든지 연락해요. 참, 헤어질 땐 절대 혼자 만나지 마요. 이런 남자들은 이별을 받아들이지 못해서 범죄를 일으키거든요."

어쩌다 누구든, 헤어지면서, 다치지 않기를 기도해야 하는 지경이 되었을까.

별
THE STAR

며칠 전, 저수지에서 발견된 성훈의 승용차 핸들에서 피해 여성의 혈흔이 발견되었다. 성훈이가 연쇄 살인 용의자로 떠올랐다.

유한에게 전화로 이 내용을 전해 듣는 순간 피가 거꾸로 솟구쳤다. 파출소에서 함께 근무하며 청소년들에게 데이트 폭력, 안전 이별에 관해 친절하게 설명해 주던 그가 살인자가 되다니.

"저수지 인근 CCTV에 얼굴도 찍혔어. 차를 버리는 건 우연히 드론에 찍혔고. 제보가 들어왔거든. 영상 편집하다가 이상한 걸 발견했다고."

실소가 났다. 완벽한 살인을 예방하기 위해 연구했던 그가 드론에 당하다니. 움직이는 CCTV까지 제어할 수 없었겠지. 이래서 사방에 보는 눈이 많다고 하나보다.

"성훈이가 갈 만한 곳은 다 찾아봤어?"

"저수지에서 도보로 움직였을 테니까 그쪽 서에 공조 요청해 뒀어. 기다려, 지금 너한테 가는 길이야."

"여기?"

"당일 예약도 되는 거지? 타로 보는 거."

"농담해? 타로는 믿지도 않으면서."

"20분 후면 도착한다."

그는 다른 때와 달리 흥분한 목소리였다. 내 대답은 듣지 않고 전화를 끊었다.

우선 환기부터 시키려고 창문을 여는데 그의 차가 가게 앞에 주차하는 것이 보였다. 뭐야, 20분 걸린다며? 내가 문을 열어 주기도 전에, 급하게 내린 그는 서둘러 안으로 들어왔다.

"뭐야, 왜 이렇게 빨리 왔어?"

"우리 잘 가던 초밥집에서 점심 포장해 오려고 했는데. 개인 사정으로 오늘만 쉰다고 적혀 있더라. 그래서 그냥 왔다."

"아침 안 먹었어?"

"성훈이 지인들 탐문하고, 대학 동기들 만나보고. 미치겠다, 밥 먹을 시간도 없어서."

"구내식당에서라도 먹어."

"서에 들어가면 눈치 보여서 먹을 수가 있어야지. 하, 내가 사표를 쓰든가 해야지. 후배가 여자들 죽이고 다니는 걸 몰랐냐고 다그치는데. 하."

그는 연신 마른세수를 하며 말했다. 얼마나 시달렸는지 까칠한 얼굴만 봐도 충분히 알 수 있었다.

"타로 카드. 그것 좀 봐봐. 그 새끼, 어딨나."

"언제는 타로 카드로 범인 잡는 건 말도 안 된다고 난리더니."

"네가 하는 건 안 되고, 내가 하는 건 돼."

유한은 단호하게 말했다. 헛웃음이 났다.

"기준이 뭔데?"

"난 경찰이고, 넌 시민이니까. 이럴 시간에 빨리 보지?"

나는 타로 카드가 담긴 틴 케이스를 꺼냈다. 그는 틴 케이스가 생소했는지 그걸 가져다가 열고 닫았다.

"튼튼한데?"

"타로 상담을 다니던 초창기에 룸살롱에서 쫓겨나거나

물벼락 맞으면 종이 상자에 든 카드가 상하더라고. 마담이 독실한 종교인인 경우가 있거든. 날 사이비 교주쯤으로 취급하더라. 그때부터 험한 일이 들어오면 이 카드를 챙겨."

"일단 타로부터 뽑아 봐, 그 자식 어딨나."

"당신, 한 번도 타로 카드 본 적 없지?"

"어. 어떻게 알았냐?"

"타로 카드를 섞고, 질문을 하고. 뭐 그런 절차가 있다고. 좀 기다려."

"하. 경찰도 못 찾고, 이 새끼는 잠적했고. 미치겠다. 너만 만날 건 아냐. 진짜 못 찾으면 무당도 찾아갈 거니까. 연쇄 살인인데 아는 놈이 범인이라니까 더 막막하다. 우리가 알던 녀석이 맞나 싶고. 대충 섞고 빨리 봐 봐."

"대충 어떻게 섞어. 기다려, 기다려."

하도 재촉을 해서 마음이 어수선해졌다. 싱잉볼을 울렸다. 고요한 소리가 퍼졌다. 유한도 이제야 좀 차분한 태도를 보였다.

"자, 성훈이는 지금 어떤 상태일까? 성훈이 생각하면서 카드 하나 뽑아."

"재밌는 질문이네."

그리고 유한은 카드에 집중했다. 정중앙에서 카드를 뽑

왔다.

"이 새끼는 상태가 어떤데?"

카드를 건네며 물었다.

"타로 카드가 말하기를."

빨간 하트에 장검 세 자루가 꽂혀 있는 소드 3 카드였
다.

하트는 먹구름 속에서 비를 맞고 있다.

"뭐야. 심장에 칼 맞았다는 거야?"

"아픔. 이 카드의 키워드는 아픔이야."

"이 새끼, 어디 아파?"

"마음이 아프겠지. 정신이 아프거나."

나도 한숨이 나왔다.

"칼은 세 자루야. 안나, 김문영, 그리고 소녀까지."

"그럼 끝이네?"

그때 유한의 휴대폰이 울렸다.

"잠시만."

유한이 휴대폰을 받았다. 앉아서 받던 그가 창가로 향했다. 안 좋은 예감은 늘 비껴가지 않는다. 자리로 돌아온 그의 표정이 어두웠다.

"또…."

그가 말하지 않았지만 알 수 있었다. 상황은 더 악화되고 있다.

"이 새끼 제정신이야? 대체 몇 명이나 죽이려는 거야."

"이번에도 의류 수거함이야?"

"이게 여청계 실종수사팀에서 찾던 사람인데, 공조 요청이 들어왔대. 최초 신고자는 의류수거 업체 직원인데, 팔이 삐져나와 있어서 마네킹인 줄 알았대."

나는 소드 3 카드를 가만히 내려다봤다. '3'은 완성의 숫자기도 하지만 0부터 9까지 순서로 보자면 이제 막 초보 단계를 벗어나고 있다는 뜻이기도 하다.

"결국 멈추지 않을 건가?"

나도 유한도 심장에 꽂힌 칼 세 자루를 잠시 응시했다.

그날 저녁 뜻밖의 손님이 찾아왔다. 카밀라였다. 대낮
도 아닌데 선글라스를 쓰고 있었다.

"눈꼬리를 좀 손봤어요. 그래서 선글라스 쓴 거니까 오
해 마요. 이 바닥에 아가씨 연쇄 살인으로 소문이 자자하
니 영업이 되겠어요? 어차피 쉬는 거 얼굴이나 고쳐야지."

"힘드시죠, 살해된 아가씨들이랑 상관…."

"아뇨, 나랑은 상관없어. 돈이랑 관련 있지. 채무 관계
를 어떻게 처리해야 할지 나도 골치 아파. 지겨운 것들.
죽어서도 내 속을 썩이니, 나 참."

특유의 나른한 말투였다.

"그러니까 당신."

카밀라가 날 똑바로 봤다.

"여기서 떠나줘. 더 복잡해지기 전에 당장."

선글라스를 쓰고 있었지만 눈동자가 느껴질 정도로 강
렬하게 나를 똑바로 바라봤다.

"아무래도 우리 악연인가 봐. 내 구역에서 경찰 놀이 그
만하고 이제 나가."

"안 나가면?"

나도 더 이상 예의를 차리며 존대할 필요가 없다고 판
단했다.

"내 방식대로 할게. 너희에겐 너희 법이 있는 것처럼 나

도 내 법이 있으니까."

"서희가 어디 있는지만 말해 주면 오늘이라도 떠나."

"징글징글하다, 진짜."

카밀라의 말투에는 경멸이 배어 있었다. 나는 무시했다. 네가 서희를 알아? 넌 그냥 심부름꾼이야. 그 말들을 저 뻔뻔하고 무례한 얼굴에 쏟아 붓고 싶었지만 참았다. 감정은 늘 일을 그르친다.

"걔가 언니한테 질려 버렸대. 잘난 척, 아는 척하는 언니한테 질려서 다신 보고 싶지 않대. 이딴 말도 안 되는 타로 카드 집어치우고 다신 찾지 말라던데?"

카밀라는 타로 카드를 내 얼굴에 집어 던졌다. 남의 불행을 먹고 사는 악마가 있다면 딱 저 모습이겠지.

"떠나, 여기서!"

그녀가 소리쳤다.

"절대."

오히려 내 마음은 차분해졌다.

"절대 안 떠나."

불안한 건 카밀라의 상태였다. 죽은 아가씨가 아니라 돈을 걱정한다고 했지만 그녀도 두려워하고 있는 것 같았다.

"저렇게 아가씨들이 죽어 나가도?"

"…안나 그리고 김문영 사건은 내 후배가 연관돼 있으

니까…. 할 말은 없어. 하지만 다른 사건들은 모방범일 수
도 있고."

"아니. 모든 살인은 김문영 남자 친구가 범인이 맞아.
대체 경찰은 뭐하고 있는 거야? 아직도, 아직도! 얼마나
더 죽어야 범인을 찾을 거야? 다음은 내 차례인가?"

"무슨 뜻이야?"

"…오늘…."

검은 선글라스 아래로 눈물이 흐르는 것이 보였다. 카
밀라의 갑작스런 심경 변화에 나도 놀랐다. 그녀는 감정
을 자제하며 또박또박 말하려고 애쓰고 있었다.

"의류함에서 발견된 최단비가 내 동생이야. 아가씨로
일하면서 만났고 이런저런 사정으로 우린 법적으론 자매
야. 가족이지. 일 년 전에 아가씨를 그만두고 쇼핑몰 피팅
모델로 살고 있었어. 문영이랑은 둘도 없는 친구고. 문영
이도 아가씨 그만두고 잘 생활하더니 다시 돌아왔어. 내
가 욕 많이 했어. 뭣하러 지옥에 기어들어 오냐고. 그런데
단비는 달랐어. 걘 꿈이 있었지만 난 꿈이 없거든. 술집
년들이 무슨 꿈이냐고 손가락질해도 좋아. 돈, 그거 말고
다른 이유 있나? 솔직히 다들 돈 벌려고 이러고 사는 거
아냐? 근데 걘 꿈이 있었다고. 미래가 있고."

최단비는 일주일 전, 쇼핑몰 화보 촬영을 하고 스텝들

과 회식을 하고 택시를 탔다고 했다. 카밀라는 이쪽 동네가 흉흉하니 조심히 오라고 당부까지 했단다. 룸살롱은 휴업 상태나 다름없어 성형 수술을 한 다음 날이었다고 했다. 냉찜질을 하며 붓기를 빼고 있는데 자정이 넘어도 들어오지 않아 전화를 했더니 받지 않았다고 했다. 모자를 쓰고 마중을 나갔는데 새벽이 되도록 들어오지 않아 경찰에 신고를 한 것이다.

"그런데 오늘 연락이 왔잖아, 찾았다고. 죽은 다음에 찾으면 어쩌라고!"

"혹시 경찰에 이야기하셨습니까? 최단비가 룸살롱에서 일했고, 김문영 사건과 관련 있다는 말을."

"아뇨."

"아무래도 사건 해결을 위해서."

"내가 왜?"

카밀라는 매정한 말투로 말했다.

"예?"

"나도 단비도 사람들은 우리가 룸살롱에서 일하는지 몰라. 우린 철저하게 낮과 밤을 다르게 살거든. 새 신분증? 세상에서 제일 쉬운 게 신분증 사는 거야. 불법을 도와주는 사람은 너무도 많아. 착하게 사는 사람이 멍청해 보일 정도로."

카밀라가 일어났다.

"그러니까 떠나, 동생이든 당신이든 쥐도 새도 모르게 죽기 전에."

마지막 말을 남기고 떠났다.

텅 빈 〈아르카나〉 실내에는 양초 타들어 가는 소리만 나직하게 흘렀다. 이제 술래잡기를 그만해야 할까? 동생이 원하는 것이 서로의 무관심인가? 그러다 문득 내 잘못을 알아차렸다. 서희는 내게 계속 신호를 보내고 있었다. 카밀라에게 내 말을 전해 달라고 하면 되지 않을까?

서둘러 밖으로 나갔지만 이미 그녀의 고급 세단은 떠난 후였다. 서둘러 문자 메시지를 보냈다.

「죄송합니다. 매번 제가 부탁만 해서. 서희에게 전해 주세요. 도망쳐, 그리고 숨어. 엄마를 죽인 범인이 널 찾아갈 거야.」

하늘을 올려다봤다. 절대 눈시울이 붉어져서가 아니다. 서울 하늘에서 이렇게 별이 잘 보이는 날이 며칠이나 될까. 눈물이 흘렀다. 동생 때문에, 내 처지 때문에 우는 건 아니다. 오늘따라 별도 빛나기 위해 애쓰고 있었다.

18

달
THE MOON

경찰서로 돌아간 유한은 연락이 없었다. 나도 연락할 수 없었다. 용의자가 현직 경찰이니 내부 상황이 어떨지는 안 봐도 뻔했다. 〈아르카나〉의 짐을 대충 정리했다. 큰 캐리어 두 개가 전부였다. 내일 건물주와 통화하고 논현동을 떠날 예정이다. 어디로 갈지 모르겠지만 동생과의 약속도 있으니 떠날 것이다.

일단 파출소로 향했다. 수경 선배에게 인사도 할 겸 유한에게 전해 줄 물건도 있었다.

내가 떠난다고 하자 수경 선배는 팔짱을 끼고 한심하게 쳐다봤다.

"또? 이번엔 어딘데?"

"그냥. 어디."

"갈 곳도 없으면서."

"서희가 원치 않는데 계속 일방적으로 찾을 순 없잖아. 이거, 유한….."

참 오랜만에 그의 이름을 다른 사람에게 말해 본 것 같다. 적절한 호칭을 찾기가 어려웠다. 유한 씨, 유한 오빠, 전남편, 유한 선배, 유한….

"형사에게 전해 줘."

작은 함을 건넸다.

"뭔데?"

"결혼반지. 집 나올 때 옷장 서랍을 쓸어 담았는데 들어왔나 봐."

수경 선배가 열어 봤다.

"두 개 다 있네?"

"두 개는 팔아야 술 한잔하겠지. 그거 전해 줘."

"몰라 난. 배달 사고 나도 책임 안 진다."

"금값 좋을 때 선배가 팔든가."

"최단비 사건으로 걔네 엄청 바빠. 아는 놈이 더 무섭다

고. 성훈이 흔적이 없다. 오피스텔도 이미 정리했더라. 도
망치는 놈이 얼마나 여유 있으면 집을 정리하고 도망쳐?"

"최단비, 특이점은 없어요?"

"없어. 차라리 강도 살인이면 카드 추적이라도 할 텐데.
일단 성훈이가 범인이라는 증거는 없으니까 사방으로 쫓
고 있나 봐."

"강간이에요?"

"것도 아니야. 옷은 입은 채고 정액 반응도 없어. 그런
데 국과수 부검 결과 납치된 후 곧 사망한 것으로 추정된
다고 해. 허벅지와 무릎에 멍이 많은 걸로 보아 이리저리
끌고 다닌 거 같고."

성훈은 로드킬을 당한 고양이도 징그럽다며 쳐다보지
못하던 순한 사람이었다. 그가 악마로 변했다는 것이 믿
기지 않았다. 게다가 살인자로 대담하게 성장하고 있다.
수법이 더 대담해졌으니까. 자신을 수사 중인데도 보란
듯이 사건을 또 저질렀다.

"그런데 검은 하이힐 한 짝만 사라졌대."

어?

복잡한 내 머릿속의 안개가 걷혔다. 그동안 완벽했던
사건에 오점이 생겼다. 만약 그가 범인이라면 이 증거를
찾아낼 때까지 도망치지 않을 것 같다. 어떻게든 증거를

없애고 살인 사건을 완벽하게 만들려고 노력하겠지? 어쩌면 생각보다 더 가까운 곳에 숨어 있을지도 모르겠다는 확신이 들었다. 그러나 이건 내 추론이기 때문에 수경 선배에게는 말하지 않았다.

"근데 성훈이가 용의자에 오른 이유는 시신을 처리하는 방식이 같아서야. 이럴 때 결정적인 증거가 나와야 할 텐데, 증거가…. 강력팀하고 여성청소년과 수사팀이 합동수사팀을 꾸렸는데, 합동수사팀장을 맡아야 할 유한은 배제됐나 봐. 성훈이랑 너무 가까우니까."

"아무래도, 그렇겠죠. 선배도 몸조심하세요. 자리 잡고, 마음 정리되면 연락드리겠습니다."

"그래, 조심해라."

"혹시…, 살해된 아가씨들 장례식 소식 들으면 꼭 알려주세요."

수경 선배는 그러겠노라고 약속했다. 나는 아무 곳도 들르지 않고 곧장 〈아르카나〉도 돌아왔다.

도착하자마자 샤워를 했다. 잠깐 외출했을 뿐인데 옷이 흠뻑 젖었다. 샤워 후 빨래방에 들러야겠다. 씻고 나오니 실내가 서늘했다. 바람 끝에 벌써 가을 기운이 매달려 있다. 테이블 위의 타로 카드를 정리하다가 한 장이 모자란 것을 알아차렸다. 맞다, 손님에게 힘 카드를 부적으로 줬지. 잊고 있었다.

책꽂이에서 이미 개봉된 타로 카드 한 벌을 꺼냈다. 잃어버린 카드가 있을 때 채워 넣으려고 미리 준비해 둔 것이다. 힘 카드를 꺼내 비어 있던 자리를 채우고 다시 섞어봤다. 새 카드는 어느새 카드 더미에 섞여 들어갔다. 다른 덱을 살까 고민해 봤지만 가장 기본적인 이 타로 카드만으로도 충분했다. 같은 타로 카드만 사용하다보니 잃어버린 카드를 채워 넣기 수월하다.

카드를 다 섞은 김에 딱 한 장만 뽑아 보기로 했다.

"이 사건은 지금 어디쯤 있는 걸까?"

다행히 소드 3 카드를 뽑은 이후로 관내에서 살인 사건은 일어나지 않았다. 질문을 되뇌며 다시 카드를 섞고, 바닥에 펼쳐 놓았다. 배열된 타로 카드에서 한 장을 집어 들고 확인했다.

"악마?" 이 카드는 마음속에 살고 있는 유혹, 욕망으로 상징된다. 수비학으로 해석하는 방법도 있다. 수비학이 더해지면 더 풍부한 의미를 갖기도 한다. 타로 카드의 메이저 카드는 0번부터 22번까지 숫자가 매겨져 있다.

악마 카드는 15번이다. 수비학으로 해석하려면 1과 5를 합한 수를 살펴봐야 한다. 1과 5를 합하면 6.

6번 카드는 연인 카드다.

아담과 이브가 천사의 축복을 받으며 에덴동산에서 놀고 있다가 금지된 열매를 먹고 악마에게 붙잡히고 말았다. 그칠 줄 모르는 욕망 때문에 악마에게 붙잡혔음에도 이들의 표정은 괴롭지 않다. 이곳을 벗어나려고 하지 않는다. 걷잡을 수 없는 욕망에 빠진 살인자처럼.

마담 타로

"그럼 이 사건은 지금."

나는 타로 카드를 모조리 뒤집어서 15번 이후의 카드들을 찾아 차례로 놓았다. 16번, 17번, 18번….

"이 사건은 지금 어디쯤 있는 걸까?"

다시 한 번 질문을 하며 마지막 카드인 21번 세계 카드까지 찾았다.

15번 타로 카드부터 순서대로 보자.

불길한 악마, 번개 치는 탑, 여행자의 별, 변화무쌍한 달의 시간을 거쳐야 겨우 태양이 뜨고, 최후의 심판이 일어난다. 이 과정을 거쳐야 비로소 내 세계가 열리고 여정을 마무리할 수 있다. 범인을 잡기 위해 아직 가야 할 길이 멀다는 걸 확인하자 기운이 빠졌다. 어지럽게 펼쳐진 타로 카드를 가지런히 정리하는데 카드 한 장이 떨어졌다. 전차 카드였다.

전차 카드는 갑옷 입은 전사가 흑과 백의 스핑크스 두 마리가 끄는 전차에 고삐도 없이 올라탄 모습이다. 고삐도 없이 이 두 마리를 운전하기란 쉽지 않을 것이다. 그의 강인한 의지와 정신력으로 스핑크스를 움직여 전진해야 한다. 물론 부정적인 뜻은 패배나, 나아가지 못하는 상태를 말한다.

그런데 실생활에서는 승용차가 고장 나거나, 급하게 택시를 타거나, 뜻하지 않은 모임에 불려 나가는 일이 벌어지기도 한다. 대체 무슨 일이 일어나려고 이 카드가 내게로 왔을까.

골똘히 생각하다 휴대폰 벨소리에 지레 놀랐다. 모르는 번호였다. 혹시 서희일지도 모른다는 생각에 서둘러 받았다.

"여보세요?"

"…."

"여보세요?"

"선배⋯. 나야, 성훈이."

기다렸던 전화지만 예전처럼 반갑지는 않았다. 목소리가 서늘했다. 카밀라는 성훈이 자신을 죽일 거라고 생각했다지만 천만의 말씀. 이번엔 내 차례인가?

"⋯성훈아, 네가 그랬니?"

"선배, 누가 그랬으면 어때. 어차피 그런 애들은 세상에서 쓸모도 없는데."

미친놈. 단단히 미쳤다. 하지만 자극하면 안 된다.

"선배는 날 이해할 줄 알았는데. 아니었어? 걔들 보면서 혐오했잖아."

"뭔가 오해한 거 같은데, 난."

"어떻게든 거기서 꺼내 오려고 했잖아, 동생을. 서희가 그런 아가씨들이랑 어울리는 게 싫잖아. 서희는 다르니까. 안 그래?"

아니라는 대답이 쉽게 나오지 못했다. 나도 알고 있는 위선적인 내 모습을 들키자 부끄러웠다.

"아니라고 말해 봐. 거봐, 못 하잖아."

녀석은 낄낄거리며 말했다. 음산했다. 어떻게 사람이 이렇게 변할 수 있지?

"거긴 지옥이니까. 분리수거도 할 수 없는 최악의 인간들이, 지들이 최고인 양 떠들잖아. 당연히 경찰이 쓰레기를 치워야지. 안 그래?"

그래서 의류수거함에 시신을 버렸구나.

"정신 차려. 그건 신만이 할 수 있어."

"과연 신이 있을까? 자기 소원만 들어 달라고 떼쓰고 매달리는 인간들 투성이잖아. 신도 대리인이 필요하지 않겠어? 아니지, 청소부가 필요하겠다. 세상을 깨끗하게 하는. 선배도 명심해. 우린 신의 청소부야. 더러운 것들을 치우는."

그러는 넌? 인간도 아닌 살인마가 됐잖아. 그 말이 목까지 올라왔지만 소재 파악을 위해 통화를 이어 가야 했다. 통화하면서 유한에게 메시지를 보냈다.

「성훈이랑 통화 중. 자수 시킬게.」

"나 타로 카드 봐줄 수 있어, 선배?"
"넌 이 와중에 지금 그 말이 나와?"
"어떤 여자 만날지 궁금하잖아."
"알았어."
입술을 지그시 깨물고 참았다. 한때는 후배였지만 이제는 역겨운 놈이 된 그의 마지막 부탁을 들어주기로 했다. 만나서 단서 하나만, 증거 하나만 가져오면 된다. 유한이 답장을 보냈다.

「절대 만나지 마. 그냥 있어. 경찰이 추적할 테니까 기다려.」

유한은 아직 날 모른다. 아니면 너무 잘 알아서 이런 말을 했을까? 나는 이미 틴 케이스 타로 카드를 챙기고 있었다.

"어디로 갈까?"

"누나, 내가 말하기가 곤란해서. 가게 앞으로 택시 보냈어. 둘아홉칠공이야. 나와."

"알았어."

성훈이와 통화를 마치고 유한에게 문자를 보냈다.

「미안. 지금 만나러 가.」

아르카나 문을 열고 나가자 차량 번호판이 '2970'인 택시가 서 있었다. '예약'이라는 불빛도 켜져 있었다. 휴대폰이 울렸다. 유한이었다. 택시에 올라타며 고민했다. 뒷좌석에 앉으면서 전화를 받았다.

"걱정하지 마, 나."

뒷문을 닫았다. 동시에 딸깍- 차 문 잠기는 소리가 났다.

"기사님?"

놀라서 운전석을 바라봤다. 택시기사는 뒤를 돌아보며 오싹한 웃음을 지었다.

"오랜만이야, 선배."

성훈이었다. 나는 뭐라고 말하려고 했지만 코를 찌르는

강렬한 냄새를 맡고 이내 정신이 아득해졌다.

나는 지금 높은 탑 위에 위태롭게 서 있다.

언제 올라왔는지, 어떻게 올라왔는지 기억이 나지 않는다. 사방을 두리번거렸지만 짙은 구름뿐. 살려 달라고 소리쳤지만 입 밖으로 소리가 나오지 않았다.

바로 옆으로 번개가 떨어졌다. 곁에 서 있던 사람들은 번개를 피하기 위해 탑 아래로 뛰어내리며 비명을 질렀다. 불이 나고 연기가 매캐했다. 미국 911테러가 일어났던 무역센터 건물 같았다. 아니, 자세히 보니 타로 카드 속 타워 카드였다. 불길한 징조다. 도망칠 길이 보이지 않았다.

이번에는 바로 코앞에 번개가 떨어졌다. 팔 옆으로, 등 뒤로…. 번개를 피해 도망치다가 다리를 헛디뎠다. 소리 없는 비명을 지르며 탑 아래로 떨어졌다. 떨어지고. 떨어지고.

계속 떨어졌다.

처음에는 두려웠지만 계속 떨어지자 중력에 몸을 맡기는 지경이 됐다. 대체 언제 멈추는 거지? 몸은 계속 아래로 떨어졌다. 멀미가 올라왔다.

우욱.

토악질을 하는데 정신이 들었다.

"깼네?"

운전석에 앉아 있던 성훈이 뒤돌아봤다.

"선배는 비위가 약하구나, 그 정도 마취제를 못 견디네."

내가 정신을 차렸을 땐 이미 뒷좌석에 누워 있었다. 손과 발은 결박돼 있었다. 다행히 입은 막지 않은 상태였다. 이 상태로 타로 카드를 봐 달라는 건가? 헛웃음이 났다. 기가 찼다.

"유한이 형한테 내 이야기 다 들었지?"

"어느 정도."

"그럼 뭐. 내가 왜 누나를 죽이고 싶은지도 잘 알겠네?"

"어느 정도."

성훈은 손가락으로 운전대를 튕기며 여유를 부렸다.

"내가 먼저 물어보자. 안나가 아르카나에 와서 김문영이 아가씨였다는 걸 확실히 안 거야?"

"아냐. 나 그렇게 멍청하지 않아. 그건 우연의 일치랄까. 누나가 그런 더러운 애들 고민 따위 들어 주는 줄 몰랐지, 난."

"열심히 사는 애들이야."

"우리 솔직해지자. 다들 어렵다고 그딴 일 안 해. 안 한다구!"

"약혼자 단골이 삼촌이었다며. 죽이려면 공평하게 삼촌도 죽여야지. 삼촌도 그 더러운 곳에 뒹군 사람이니까."

"우리 삼촌은 그런 사람 아냐."

성훈이의 이중적 태도에 화가 났다.

"그런 애들이 있으니까 우리 삼촌이 걸린 거지."

"내가 아가씨들 타로 봐주면서 참 많이 살펴봤거든? 룸살롱 들어올 때, 안 들어가겠다고 버티는 손님? 한 명도 못 봤어. 서로 빨리 들어가려고 안달이지. 그뿐인 줄 알아? 자기랑 좋았던 아가씨를 서로에게 권해. 그 사람들의 유대감이 어디서 나오는 줄 알아? 아가씨를 공유하면서 나오더라. 근데 삼촌은 그런 사람 아니라구? 아니야, 삼촌은 그런 사람이야."

"아니라구!"

성훈이는 악을 썼다. 새빨갛게 충혈된 흰자가 기괴하게 보였다.

"자수하자. 혼자 가기 힘들면 같이 가줄게."

"같이 죽을 건데 무슨 자수야."

"진짜로 같이?"

"그래야 완벽한 살인이지."

"소설 쓰고 있네."

나는 어지러움이 가시자 몸을 추슬러 봤다. 몇 번 힘을 썼더니 일어나 앉을 수 있었다. 창밖을 보니 저수지였다. 성훈의 차가 발견된 장소였다.

"하필 저수지야?"

"이 아래 우리 집이 있어, 내가 태어난."

그러고 보니 수몰 지역이었다.

"거기 가서 쉬고 싶어."

"혼자 가라."

"초대한다니까."

그는 낄낄거리며 웃었다.

"거절할게, 정중하게."

나는 일부러 한마디도 지지 않고 대답했다. 손이 바들바들 떨렸지만 내색하지 않았다. 그를 자극할 필요가 없다. 그리고 시간을 끌어야 누구라도 찾아올 것이다. 휴대폰은 묶인 손으로 찾을 수 없었다. 이미 치워 버렸겠지만. 손목에 있어야 할 스마트 워치도 없었다. 돌아가는 상황은 내게 불리했고, 앞으로 닥칠 일은 절망뿐이었다.

희망이 있긴 하다. 유한이다. 그와 통화하다가 갑자기 통화가 끊겼으니까 내게 무슨 일이 생겼다는 걸 알아차렸겠지? 내가 또 소설을 쓰는 걸까? 아니야, 지금쯤 인근 CCTV를 확인하고 있겠지? 제발 그래야 했다. 그에게 희망을 걸어 본다. 무작정.

하지만 아직까지 경찰차 사이렌 소리조차 들리지 않는 걸 보니 헛된 희망 같다.

"딱 죽기 좋은 날씨구나, 오늘."

나는 자포자기했다.

헛웃음이 났다. 모든 것을 내려놓으니 마음이 편해졌다.

"선배, 좋아?"

"나쁠 건 뭐야. 죽는 것도 뭐, 나쁘지 않다."

비실비실 웃음이 새어나왔다.

"좋다, 날씨가."

"좋아하는 건 싫은데. 다른 날 죽을까?"

그가 실없는 소리를 했다.

"뭔 소리야. 빨리 죽자, 그냥."

이제 대답하기도 귀찮다. 그 말에 자존심이 상했는지 그가 화를 냈다.

"닥쳐! 완벽한 결말이 좋아. 우리 죽음은 완벽해야해. 내가 그년들을 죽였다는 증거도 없잖아? 이 사건을 모조리 알고 있는 나와 선배만 저 물속으로 들어가면 완벽해. 그러니까 입 다물라고!"

"야, 죽어 가는 마당에 여자들은 왜 죽였는지 들어 보자. 최단비는 왜 죽였어?"

"최단비?"

"지난주에 죽인 여자. 죽여서 의류 수거함에 넣은 여자."

"나 아냐."

성훈이가 정색해서 잠시 혼란스러웠다.

"너잖아, 채팅 앱에서 만난 애도. 최단비도 같은 방식으로 처리했고."

사실 최단비를 죽였다는 증거는 없는 상황이다.

"나라는 증거, 없잖아?"

아니야, 네가 확실해. 그런 가증스러운 표정으로 웃지 말고 자수해, 너라고. 자수하라고!

"증거 없는 살인 사건이야. 완벽해. 나만 입 다물면 그만이라고."

증거채택주의인 우리나라에서 증거가 없다면 살인을 했어도 살인자가 될 확률은 극히 낮아진다. 설득해서 자수시킬 수 있을 거라 생각했는데. 체념해야 하나? 나는 고개를 떨어뜨렸다.

19

태양
THE SUN

　지친 나는 뒷좌석에 누워 버렸다. 뒤로 묶인 손은 이제 감각도 없다. 눈을 감았다. 차라리 타워에서 번개를 맞는 악몽이 더 편하게 느껴졌다. 그도 조용했다. 이럴 때 살인자는 무슨 생각을 할까? 갑자기 가속페달을 밟아 물속으로 들어가는 거 아냐?

　눈을 떴다.

　그 짧은 순간, 난 희망을 봤다.

　운전석 아래, 내동댕이쳐진 검은 하이힐 한 짝이 눈에

들어왔다. 최단비의 하이힐이었다.

수경 선배는 최단비가 검은 하이힐 한 짝을 잃어버린 채 발견됐다고 말했었다. 저 하이힐이 증거다. 범인의 차량에서 피해자의 검은 하이힐이 발견됐다면 유력한 증거다. 그녀는 살기 위해 얼마나 죽을힘을 다했을까. 운전석 아래 찌그러진 채 처박힌 구두를 보고 있자니 스산한 마음도 들었다. 절대 성훈이에게 들키면 안 된다. 덫을 잘 놓아야 한다.

"사실 그 검은 하이힐 있잖아. 최단비가 신었던."

나는 몸을 일으키며 태연하게 물었다. 미끼를 던졌다.

"하이힐?"

그의 목소리가 가늘게 떨렸다. 핸들 잡은 손이 떨리는 것도 보였다.

"한쪽은 잃어버렸잖아."

"무슨 소리야?"

그는 시치미를 뗐다. 검은 하이힐의 존재를 인정한다면 범인임을 자백하는 것과 같으니까.

"진짜 아니구나, 넌. 그럼 누구지…."

난 일부러 말끝을 흐렸다.

"혹시 넌 줄 알고, 그 검은 하이힐 필요한 사람이."

흠. 흠. 그는 대답 대신 숨을 골랐다. 목울대가 울렁거리는 것이 뒷좌석에서도 보일 정도였다.

"아니, 아니, 아니라고!"

그가 소리쳤다. 놈이 덫에 걸렸다. 흥분한 그는 운전석에 앉은 채 상체를 갑자기 돌려 내 멱살을 잡았다.

"어딨어! 어딨냐고!"

미끼도 물었다.

"아. 르. 컥컥. 카나에. 컥."

꽉 막힌 목소리로 말했다.

"그게 왜 선배 집에 있어!"

"컥. 컥."

목소리가 나오지 않았다.

"왜 거기 있냐고!"

성훈은 멱살을 놓고 다시 나를 채근했다.

"경찰 몰래 현장을 살피다가 발견했어. 아닐 수도 있잖아. 검은색인지, 빨간색인지, 내가 어떻게 알아. 경찰도 아닌데."

"그걸 왜, 하."

그의 완벽한 시나리오가 틀어졌다. 그는 신경질적으로 시동을 걸었다.

"확인해서 아니면."

"네 마음대로 해, 날 죽이든. 같이 죽든."

목적지가 생긴 그는 바로 시동을 걸고 출발했다.

돌아가는 길은 심한 정체를 앓고 있었다. 약기운인지 부작용인지 자꾸 눈꺼풀이 무거웠다. 어느새 잠들었다가 차가 급정거하는 바람에 일어났다. 벌써 〈아르카나〉 앞에 도착했다. 성훈이는 룸미러로 나를 쏘아보았다.

"확실히 있는 거지?"

"이 상황에서 거짓말하겠니? 어차피 없는 거 알면 죽을 텐데?"

그가 차 문을 열었다.

"혼자 가게?"

"비밀번호 뭐야?"

"2244 별표. 일단 같이 가서…. 혼자 찾기 힘들 텐데."

내 말이 말이 끝나기도 전에 마취제가 묻은 수건이 얼굴을 향했다. 묶인 손으로 그에게 저항할 수도 없었다. 내 얼굴을 감싼 수건에서 알싸하면서도 매캐한 마취제 냄새가 코를 자극했다. 정신을 잃지 않으려고 애국가를 부르기 시작했다. 동해물과. 백두산이. 마르고 닳도록. 속절없이 눈이 감기려는데 익숙한 얼굴이 보였다.

유한, 당신이야?

그리고 다시 정신이 들었을 땐 응급실이었다.

"정신 들어? 나 알아보겠어? 여기요, 환자 깼습니다, 여기요!"

유한은 호들갑을 떨었다.

"…시이."

"뭐?"

목소리가 잘 안 나왔다. 유한은 내 입에 귀를 갖다 댔다. 나는 있는 힘껏 말했다.

"시끄러워. 성훈이는 잡았어?"

"일단 진정해. 수액 맞고 있으니까."

"잡았냐구!"

"그럼 잡았지, 놓쳤겠냐?"

"잡았다는 거지? 진짜 잡았다는. 잡은 거지?"

나는 몇 번을 확인하고 침대에 누웠다. 이제야 긴 악몽이 끝난 건가? 그사이 의사와 간호사가 와서 내 상태를 살폈다. 특이 사항은 없다며, 수액을 다 맞으면 퇴원하라고 말했다.

"아."

나는 머릿속에 뭔가 떠올랐는데 그 단어가 떠오르지 않았다. 마취제 후유증인가?

"그거."

"뭐?"

"그거 있잖아. 그거."

"휴대폰?"

"아니, 그거 성훈이 증거. 그래, 하이힐."

"이미 증거로 넘겼지. 이 상황에서 하이힐은 생각났습
니까?"

"유일한 증거니까."

"너 죽을 뻔했어, 나 아니면."

유한은 내가 수액 주사를 맞는 내내 영웅담을 늘어놓았
다. 저 입을 막아 버릴 수 없으니 경청해야 했다.

불과 두 시간 전. 유한은 저수지로 향했다가 허탕치고,
다시 〈아르카나〉로 돌아왔다고 했다.

"사이렌 소리는 못 들었는데?"

사이렌을 켜고 달리다가 주택가 인근부터는 사이렌을
껐다고 했다. 그의 지시로 미리 도착한 경찰 특공대는 후
방에, 사복 입은 형사들은 오가는 시민들 사이에 섞여서
〈아르카나〉 입구를 주시하고 있었다고 했다.

그때 성훈이가 운전한 그 택시가 도착했고, 그가 등을
보이고 나를 마취시킬 때 경찰 특공대가 그를 진압했다고
했다.

"넌 어떻게 그 와중에도 '발밑에, 하이힐, 하이힐'이라고

하냐. 의사가 기적이래. 마취제가 치사량 넘게 사용됐는데 살았다고."

나도 모르게 침을 삼켰다. 정말 죽을 뻔했구나. 치사한 놈, 날 비위 약한 사람 취급하더니 치사량을 썼다고? 이가 갈렸다.

"내가 너 살렸다. 나한테 잘해."

맞는 말이다.

"이번 건은 고, 고마워."

"아니 뭘 또. 그냥 그렇다는 거지."

그도 민망한지 손 주먹에 헛기침을 했다. 그런데 손가락에 익숙한 반지가 보였다. 내가 수경 선배에게 맡긴 결혼반지였다.

"손가락에 그거 뭐야?"

"결혼반지? 아니다, 이혼했으니까 이혼반지."

"미쳤어? 그걸 왜 껴?"

"내 반지 내가 마음대로 끼는데 무슨 상관이야."

"빨리 빼."

나는 볼멘소리를 했다. 하지만 그는 뺄 생각이 없어 보였다. 하긴. 그가 유난히 좋아했던 반지다. 직접 디자인하고, 직접 만들었으니까. 그걸로 프러포즈까지 했으니 그에게는 소중하겠지.

"날 살렸다 치자. 근데 날 어떻게 찾았어? 계속 아르카나에서 잠복한 거야? 내가 저수지에서 죽었으면 어쩌려고?"

"대한민국 경찰이 못 하는 게 어딨습니까?"

그가 거들먹거렸다.

"상식적으로 말이 안 되잖아. 일단 CCTV 확인하면 아르카나 앞에서 내가 택시 타는 게 보였겠지? 고속도로야 자동차번호판 인식 판독기를 사용했겠지만. 비포장도로도 꽤 달렸을 텐데⋯. 어떻게 찾았어? 휴대폰 꺼놔서 위치 추적 못 할 텐데."

정말 궁금했다.

"어떻게 찾으셨어요? 유한 형사님?"

재차 물었지만 그는 쉽게 입을 열지 않았다.

"뭔가 있네, 있어. 불법의 향기가 난달까?"

"뭐가 있어. 시민을 지키려는 경찰의 투혼? 의지? 정의감이라고 할까? 퇴원 수속 밟아도 된다니까, 기다려."

자리를 피하려는 그를 잡았다.

"불법이지? 나한테 무슨 짓을 했어?"

하. 유한은 숨을 깊이 들이마시고 고백을 했다.

"타로 카드로 찾았다. 됐냐?"

"타로 카드? 어디 가서 점 봤어? 어떻게 찾았는데?"

"타로는 안 믿지만, 타로 틴 케이스에 숨겨 놓은 위치추 적기는 믿어."

"그런 거 없었는데?"

"그걸 눈에 띄게 붙였겠냐? 요즘 소형은 손톱보다도 작 아. 어떻게 어떻게 아주 간신히 붙여 봤다. 됐냐? 혹시라 도 성훈이가 접근할까 봐 그냥 있을 수가 있어야지."

그가 초밥 어쩌고 하면서 급하게 〈아르카나〉로 찾아왔 던 날이 떠올랐다.

"넌 거절 못 하잖아, 도와 달라는 사람. 내 부탁은 거절 하지만. 아무튼 성훈이가 연락하면 만날 것 같더라니. 추 적기 안 붙여놨으면 어쩔 뻔 했냐? 그냥 좀 있으라니까. 걔 잡은 후에는 사실대로 말하고 제거할 생각이었고."

"뭐해, 의사가 퇴원 수속하라는데."

나도 그도 이런 순간은 아직 머쓱하다. 그가 자리를 비 운 사이, 간호사가 주사약 한 팩을 들고 다가왔다.

"의사 선생님이 이상 없다고 하는데. 무슨 주사예요?"

"아, 이거요. 보호자분께서 영양제 추가하셨어요. 어차 피 수액 맞으면서 맞는 거라 30분만 더 맞고 가시면 돼요."

하여간 저 오지랖. 갑자기 얼굴이 붉어졌다.

"보호자분이 얼마나 걱정하셨는데요. 계속 손잡고 기도 하셨어요."

제 자신이 세상에서 가장 잘났다고 떠들고 다니는 무교 남자인데. 대체 누구한테 기도한 거야? 기도할 줄도 모르면서.

"남편분이 경찰이시죠? 진짜 든든하시겠다. 두 분 참 잘 어울리세요."

목덜미까지 화끈거렸다.

"저기, 갑자기 열이 나는 거 같은데…."

혹시 주사 부작용일지 몰라 간호사에게 체온 확인을 부탁했다.

"체온도 정상입니다. 푹 쉬세요."

아무래도 열이 나는 거 같은데…. 이런 건 누구한테 말해야 하지?

20

심판
JUDGMENT

〈아르카나〉로 돌아왔다. 여행 가방을 싸뒀지만 당장 떠날 수가 없었다. 경찰 조사가 남았다. 떠날 곳을 정해 두지 않았기 때문에 잠시만 더 머물기로 했다. 건물주도 배려해줬다. 유한은 당분간 '우리'의 아파트에서 지내라고 했지만 거절했다.

"우리가 무슨 사이라고. 남편처럼 굴지 마."

한때는 가족이었지만 지금은 아니다. 혈연으로 맺어진 가족과 서류로 맺어진 가족은 이렇게 다르다. 그는 여기

까지 데려다주면서도 잔소리를 했다. 방범을 강화해야 한
다, 업무 공간이랑 주거 공간이랑 구별해라, 경찰에 신변
보호 요청을 해라…. 나는 범인이 경찰서에 잡혀 있는데
뭐 하러 숨느냐고 핀잔을 줬다.

그를 돌려보내고 긴 샤워를 했다. 납치의 기억을 씻어
내고 싶지만 역겨웠던 마취제 냄새는 코끝을 떠나지 않았
다.

샤워 가운을 걸치고 소파에 앉았다. 수건으로 대충 물
기를 털어 낸 머리카락 끝에서 물방울이 떨어졌다. 여행
용 가방 속에 넣어 둔 드라이기를 꺼내기가 귀찮았다. 무
력감이 몰려왔다. 지금까지 무엇을 위해 달려왔지? 동생
을 찾기 위해 밤마다 아가씨들을 만나러 다녔는데 정작
동생은 더 깊이 숨어 버렸다. 피곤이 몰려왔다. 내리 하루
를 자고 나서 경찰서로 향했다.

이제 조사실이 익숙해졌다. 유한이 커피 두 잔을 들고
조사실로 들어왔다.

"밥은?"

"병원 영양제가 좋아서 배도 안 고프네."

아, 잊고 있던 병원비가 떠올랐다.

"그제는 정신이 없어서 병원비 정산을 못 했어. 계좌 알려 줘, 지금 보낼게."

"얼마 안 나왔어."

"얼마 안 나왔어도 경찰이 피해자 병원비를 왜 내 줘. 메신저 페이로 보낼까?"

"나 그런 거 안 하는데?"

그는 애초부터 받을 생각을 안 했을 것이다.

"카밀라 안다고 했지?"

"그럭저럭."

좋은 감정이 있는 사이가 아니라 내 대답은 시큰둥했다.

"오전까지 수사 협조하고 돌아갔는데 너한테 이걸 전해 달라고 하더라."

그는 편지 봉투를 내게 내밀었다.

"나한테 편지를?"

"네 사고 소식 듣고 많이 놀랐나 봐. 연락처 바꿀 거라고 하더라. 그런 부류들이 다 그렇지. 문제 터지면 나 몰라라 도망치고. 귀찮으니까 연락처 바꾸고."

나는 유한의 잔소리를 들으며 봉투를 열었다. 편지지 모서리가 맞춰져 접힌 걸로 봐도 꽤 신경 써서 쓴 편지라는 인상을 받았다. 그걸 펼치자마자 나는 비명을 질렀다. 이응을 유난히 크게 쓰는 서체.

서희의 글씨였다.

「찾았다! 이제 언니가 술래야. 나는 그 괴물과 술래잡기할
테니까. 걱정 마, 내가 잡을 거야. 먼저 잡히지 않아.」

카밀라가 서희였다니.

나는 코앞에 동생을 두고도 못 알아봤다. 외모야 성형 수
술을 했다고 치지만 그 태도와 목소리는 분명 타인이었다.

"왜 그래? 무슨 편진데?"

"당신도 서희 못 알아봤어?"

"갑자기 무슨 소리야?"

유한은 내 손에 든 편지를 뺏어 들었다. 암호 같은 그 말
들을 이해할 수 없을 것이다.

"서희였어. 카밀라 그 여자가 서희였다구!"

"천천히 설명해 봐. 외모야 성형 수술을 많이 하니까 달
라질 수 있어. 그런데 말투도 다르고, 걸음걸이도 다르고.
완전 태도가 다르잖아."

"서희는 배우가 되고 싶어했어. 얼마 전 카밀라가 안나
를 시켜서 서희 일기장을 가져왔었어. 초등학교 때 헤어
져서 그 후로 서희 소식을 잘 몰랐거든. 뭘 좋아하고, 어떻
게 지냈는지. 그때라도 눈치 챘어야 했는데."

"확실해?"

"확실해."

유한이 서류에 적힌 카밀라의 휴대폰으로 전화를 걸었다. 받을 리 없었다.

"안 받겠지, 다시 숨어 버렸으니까. 그리고 이미 알고 있었어. 엄마를 죽인 진범을."

10년 전부터 알고 있던 그 괴물의 정체는 대체 누구지? 모든 것이 원점이다.

21

세계
THE WORLD

카밀라는 흔적도 없이 사라졌다. 누군가 카밀라를 봤다고 해서 찾아갔다. 유흥가 끝자락, 지하에 위치한 작은 위스키 바를 운영하는 여자 사장이었다.

"하, 카밀라? 그렇게 내 이름을 탐내더니 결국 카밀라로 살았네. 걘 질투가 많아. 내걸 다 뺏고 싶어 했다니까. 돈, 남자, 아가씨까지 다 뺏어 가더니 하, 이름까지?"

카밀라라는 이름이야 흔하디흔한 외국 이름 아닌가. 자아도취에 빠진 피곤한 여자였다.

"연락처를 알 수 있을까요?"

나는 지겹도록 많이 했던 이 질문을 또 할 수밖에 없다.

"알면 뭐해요, 어차피 또 바꿀 텐데. 이쪽 일 완전히 손 떼고 결혼했다고 들었어요. 재벌가 세컨드 자리는 그렇게 마다하더니. 평범한 회사원하고 결혼했어요, 진짜 평범한."

갑자기 결혼이라고?

혹시 최아영과 헷갈리는 건 아닌가 싶어서 재차 물었다. 오히려 사장이 카밀라와 찍은 사진을 보여주며 이 여자 아니냐고 물었다. 맞다, 내 동생이 맞다.

「나는 그 괴물과 술래잡기할 테니까. 걱정 마, 내가 잡을 거야.」

동생이 남긴 편지 글귀가 떠올랐다. 설마 그 진범과 결혼을 했다는 말일까? 말도 안 된다.

"독한 년이에요, 둘이 어떻게 엮인 사인지 모르지만 그런 년은 아예 상종을 말아야 해. 이 바닥에선 카밀라가 살인을 했다는 소문도 있어. 밀수에, 마약에, 온갖 지저분한 사건에 엮였다고 말이 많아. 그래놓고는 고고하고 우아한 척은 다하는 도둑년."

이미 사장의 말은 내 귀에 들어오지 않았다.

"근데 무슨 일로 찾는데?"

"그년 친언니예요."

사장은 당혹스러운 표정으로 어쩔 줄 몰라 했다. 나는 사장이 내준 위스키 잔을 단숨에 비우고 물었다.

"위스키 뜻을 알아요?"

그녀는 고개를 내저었다.

"생명의 물이에요."

"그, 그래요? 모르면 어때요, 취하면 그만이지."

머쓱해진 여사장은 빈 잔을 채워 주려고 했다. 나는 손바닥으로 잔을 막으며 사양했다.

"솔직한 이야기 고마워요. 사실 인생이 조금 심심해질 뻔했거든요? 게임이 끝난 줄 알았는데 진짜 술래잡기는 지금부터 시작이네요."

나는 위스키 바 계단을 따라 올라오면서 오늘 뽑은 타로 카드를 떠올렸다.

바보.

봇짐 하나만 메고 세상으로 떠났던 바보는 역경을 이겨 내고 자신의 세계를 만났다. 그 다음 행선지는 어딜까?

다시 새로운 출발이다.

이전 세계에 머무는 방법은 죽음뿐이다. 살아 있다면 다시 시작해야 한다. 그래서 21번 세계 카드는 바보가 다음 세상을 향하도록 돕는 디딤돌이 된다.

새로운 술래잡기를 시작해야 하는 나처럼.